장녀라는 이름

장녀라는 이름

발행일   2023년 4월 12일

지은이   최영만
펴낸이   손형국
펴낸곳   (주)북랩
편집인   선일영   편집   정두철, 배진용, 윤용민, 김부경, 김다빈
디자인   이현수, 김민하, 김영주, 안유경   제작   박기성, 황동현, 구성우, 배상진
마케팅   김회란, 박진관
출판등록   2004. 12. 1(제2012-000051호)
주소   서울특별시 금천구 가산디지털 1로 168, 우림라이온스밸리 B동 B113~114호, C동 B101호
홈페이지   www.book.co.kr
전화번호   (02)2026-5777   팩스   (02)3159-9637

ISBN   979-11-6836-834-7 03810 (종이책)   979-11-6836-835-4 05810 (전자책)

(주)북랩 성공출판의 파트너

북랩 홈페이지와 패밀리 사이트에서 다양한 출판 솔루션을 만나 보세요!

홈페이지 book.co.kr   •   **블로그** blog.naver.com/essaybook   •   **출판문의** book@book.co.kr

작가 연락처 문의 ▸ ask.book.co.kr

작가 연락처는 개인정보이므로 북랩에서 알려드릴 수 없습니다.

최영만
장편소설

장녀라는 이름

 북랩

작가의 말

　주인공은 뜻한 대학에 가야만 해서 밤잠도 포기할 정도일 때 엄마가 느닷없는 병마로 인해 세상을 떠나고 만다. 때문이라고 해야겠지만 주인공은 대학을 포기할 수밖에 없어 산업전선에 뛰어든다. 그러나 삼 남매 중 장녀로서 홀로되신 아버지 문제까지 무거운 짐이다. 그래서 홀로되신 아버지 재혼 먼저 시켜드려야겠다는 생각에, 세상을 오래 사셨고 인생 상담자이기도 하신, 섬기는 교회 담임목사님의 도움을 받고자 편지를 쓰기까지 한다. 그랬던 게 덕분이라고 해야겠지만 주인공은 곱기도 하신 새엄마를 만나게 된다.

　주인공의 새엄마는 친엄마처럼 대해주어 기대 이상 감사다. 그러나 새엄마가 주인공 장래 문제까지는 아닐 것이기에 섬기는 교회 부목사가 소개한 남편감을 정해놓고 새엄마에게 사실을 말한

다. 주인공이야 그렇지만 새엄마는 새엄마대로 주인공이 의붓딸
이기는 해도 말솜씨 등이 너무도 예뻐 시집만은 잘 보내주겠다는
맘으로 주인공 남편감을 정하다시피 한다. 그것을 알게 된 주인
공은 새엄마를 실망케 해서는 안 된다는 생각에 갖은 애를 다 쓴
다. 그러니까 주인공의 의도는 가정 평화를 위해서다.

　아무튼 인간사 어느 분야든 평화보다 더 좋은 분야는 없으리라
생각까지야 했겠는가마는 주인공은 한 지붕 아래 두 가족의 반대
인, 두 지붕 아래 삶을 한 가족처럼까지 만든다.

저자 최영판

장녀라는 이름

"아빠!"

"무슨 말 하려고…."

"무슨 말 하려고가 아니야. 아빠는 여자친구도 없는 거야?"

삼 남매 중 장녀 주예선 말이다(가족 구성원으로는 아빠 주동성 씨, 맏딸 주예선, 둘째 딸 주예인, 막내아들 주성길 그렇다).

"느닷없이 무슨 소리야. 여자친구라니…."

"아빠는 잘 알면서 그러신다."

어느 가정이든 그러리라 싶기는 하지만 아빠와 엄마는 그리도 좋게만 지내셨는데 아니게도 엄마에게 느닷없이 유방암이라는 병명이 내려졌고 그로 인해 엄마는 결국 하늘나라로 떠나고 만 것이다. 아빠는 그런 이유이기는 해도 아빠의 삶만이 아니라 가정이 말이 아니다. 그래서 새엄마를 모시는 게 무엇보다 중요하고 시급도 하다. 그래서 생각해보면 그동안의 엄마는 누구 엄마보다 예쁘기도 하지만 예선이 너는 장녀라 동생들 챙기느라 고생이 많겠다면서 위로해주기도 했던 그런 엄마였는데 말이다.

더 말하면 나는 장녀로서 아버지와 결혼까지 얘기가 궁금해 물으니 아버지는 사원들끼리 무릎보호대도 없이 오락 축구에서 입게 된 다리 부상으로 입원하게 되는데 새엄마가 보기엔 아버지가 환자이기는 해도 너무도 잘생긴 것이다. 그러니까 애들 말로 정신이 뿅 간 것이다. 아무튼 그래서 엄마는 간호사라는 가면을 쓰고 아빠 입원실을 자주 드나들게 되는데 깁스한 다리도 만지면서 잠은 잘 자느냐고 묻기도 하고 불편이라도 하게 되면 참지만 말고 곧 얘기하라면서 보드랍고 예쁜 손으로 아버지 손을 붙들어 일으켜주기를 자주 해준 게 퇴원이 생각보다 빨랐는지 아버지는 퇴원하고서는 '원 간호사님 덕분에 치료가 빨랐고 지금은 본래의 건강 상태로 회복했습니다. 그래서 고맙다는 인사라도 하고 싶으니 바쁘지 않을 때 전화 한번 주시면 고맙겠습니다. 기다리겠습니다.' 그런 편지가 엄마에게 여지없이 전달됐고, 엄마는 너무도 반가운 편지라 잠자리에 들 때도 손에 꼭 쥐고 있기까지 했는데 그랬던 엄마는 나를 낳았고 딸이지만 친구처럼 대하기도 했던 엄마다. 엄마는 운전도 잘해 나들이도 시켜주면서 다른 환자들도 아버지처럼 간호해주게 되더라는 말까지 했던, 그리운 엄마다. 그러니까 간호사다운 얘기도 해주어 듣기가 좋았다.

좋았지만 엄마는 아니게도 유방암이라는 병을 얻게 됐고 그런 병마를 끝끝내 이기지 못하고 하늘나라로 떠나버린 게 너무도 원망스럽다. 그래서 생각되기는 장녀도 주어진 운명일까. 그러니까 도저히 바꿀 수 없는 일처럼 말이다. 아무튼 나는 장녀인 게 좋다고 말할 수는 없어도 나쁘지는 않다. 그것은 서툰 음식 솜씨이기는 하나 반찬도 만들어 동생들에게 주면 동생들은 군말 없이 맛나게 먹어주어서다. 물론 한참 커가는 나이들이라 쓴 것 단 것이 없을 나이들이지만 그렇다. '상대에게 주고자 하는 마음은 건강을 지키는 절대 요인이다.' 누가 말했는지 몰라도 새겨둘 만한 말 아닌가. 아무튼 아빠 재혼 문제는 아빠도 물론 걱정되실 테지만 나는 엄마 역할도 해야만 할 장녀로서 너무도 큰 걱정이다.

"아니야, 아빠는 몰라. 말을 하려면 알아듣게나 해라."

"알아듣게는 무슨 알아듣게까지야."

'알아듣게나 해라.' 아버지 그런 말씀은 홀로된 게 이리도 복잡하냐 그런 생각이실 게다. 그렇지만 아버지 재혼 문제를 신경 쓰지 않으면 안 될 장녀라서 하는 말이다.

"허허…."

아빠 주동성 씨의 허허 말은 예선이 네가 무슨 말을 하려는지 아빠가 모르지는 않으나 그렇다고 해서 재혼 문제는 너무도 어려운 문제다 그런 생각에서 나오게 된 말일 것이다.

"아빠는 아닐지 몰라도 우리가 해결해야 할 문제는 '허허'가 아니잖아."

"그래, 알았다."

여보. 나는 지금 죽을 맛인데 어쩌면 좋아요. 당신이 그리된 건 느닷없는 일이기는 해도요. 그래요. 당신은 여자로서 그리도 예쁜 건 인정은 하나 갑자기 떠나버린 건 인정할 수 없는데 어쩜 좋아요. 아무튼 당신의 장녀 예선이는 홀로된 아빠가 너무도 쓸쓸해 보여서인지 너무도 복잡한, 그러니까 재혼 얘기를 꺼내려고 하네요. 당신이 하늘나라 가고부터는 추억이 될 수가 없기는 하나 지난날을 생각하면 너무도 고마웠고 많이도 행복했소. 그러니까 당신은 환자를 위한 간호사이기는 해도 옆자리 환자가 보는 앞에서도 내 손을 잡아주었소. 물론 연정이 아닌 것처럼 일으켜주기는 했어도요.

"이런 말까지는 나도 고민 많이 했어."

"고민…?"

"그래, 고민."

"예선이 네가 고민했다는 말 고맙기는 하다만 네 엄마가 떠난 지 얼마나 됐다고 벌써 그런 말 하냐."

"벌써가 뭐야, 일 년이 다 돼가는구먼."

"일 년이 다 돼간다고? 벌써…"

"벌써가 뭐야. 아빠는 그렇게 말할지 몰라도 벌써가 문제 아냐."

"그렇기는 하다만 형편에 따라야지."

"형편이라면 무슨 형편…?"

아버지는 세원주식회사 생산직 부장으로 근무 중이시다. 그러니까 세원주식회사는 아버지가 엄마와 만나기 전부터 다니신 회사다. 어쨌든 우리 삼 남매는 엄마와 아빠가 벌어다 주는 돈으로 걱정 없이 학교를 다녔고 동생들은 다니는 중이다. 감사한 일이다. 그렇지만 엄마가 세상을 떠나시고부터는 집안 꼴이 말이 아니다. 말이 아니기는 아빠와 대화를 하자도 약속하지 않고는 어려울 정도다. 엄마가 계실 때도 그랬지만 휴일이 아니고는 아빠 얼굴을 보기도 드물어 오늘은 큰맘 먹고 아빠와 대화할 참이다. 아빠야 엄마가 떠나고 말았다는 맘에 복잡하다는 생각에 듣기 싫어하실지 몰라도 나는 그게 아니지 않은가. 아니, 엄마는 몸 관리를 어떻게 하셨기에 이 장녀를 이리도 힘들게 하실까. 동생들은 속이 없는 건지, 아니면 아직 어려서인지, 아빠에 대해 관심도 없어 보여 밉기까지 하다.

늘 그렇지는 않으나 은행 직원들과 점심을 같이 먹을 때면, 너희들 가정은 엄마가 있어 좋겠다 그래진다. 물론 맘속으로지만 말이다. 그래서인지 나는 장녀로서 감당해야 할 짐이 너무도 무겁다. 누구는 '이 또한 지나가리라' 시문처럼 말할지 몰라도 우리 집 사정은 '이 또한 지나가리라'와의 거리가 너무도 먼 것 같다. 그래서 차선책이지만 새엄마를 찾아 맞이하는 게 옳을 것 같다.

그것도 힘들어하시는 아버지를 위할 새엄마 말이다.

　같이 근무하는 직원 인척 중 한 사람이 우리 집 사정과는 다르나 애들 엄마가 다른 남자와 바람이 나 집을 아예 나가버렸단다. 애들을 키워내야 할 엄마가 말도 안 되게 집을 나가버렸으니 어린아이들은 어떻게 되겠는가. 그래서 애들 아빠는 하는 수 없이 누나에게 맡겼다고 한다. 그렇지만 아이들로서는 세상을 떠나버린 우리 엄마보다야 백번 낫다고 해야 할 것 같다. 일단은 엄마가 살아 있으니 말이다.

　"그래, 예선이 네 생각이 그렇다 해도 급하기까지는 아직이다. 그러니까 삼 년 말이야."

　배우자와 사별하고 삼 년은 지나야 한다는 건 옛날얘기이기는 하다만 아내가 그렇게 떠나버리고 나니 애들에게까지도 피해를 주고 있는 게 아닌가. 어쩔 수 없는 일이기는 해도 말이다.

　"삼 년이 뭐야, 말도 안 되게."

　"아무튼 그래."

　"아빠 인생에서 삼 년이라는 게 그리도 중요할 필요는 없잖아."

　"물론 중요치는 않지. 그렇지만 남의 눈도 있고… 그래서지."

　"남의 눈도 있고? 그러니까 아빠 말은 새엄마 감은 있다는 건가…?"

　"없어. 예선이 네가 하도 다그치니까 그냥 하는 말이지."

　"아빠 말은 그냥이 아니구먼…."

말이야 그냥이 아니구먼 했지만 아버지는 오로지 집과 회사뿐으로 살아오셨다. 엄마가 떠나고 보니 지금에 와서는 그게 다 좋지만은 않은 것 같다. 장녀로서 감당해야 할 사정은 너무 무겁기 때문이다. 지금에 와서 하나 마나 한 생각이나, 유방암이 발견되면 현대의술인 수술로 제거한다지만 이미 생긴 유방암 완전 제거까지는 아니라는 점을 엄마는 방심한 게 아니었을까.

아무튼 엄마가 없게 된 아빠가 너무도 쓸쓸해 보여서다. 쓸쓸해 보일 뿐만 아니라 불편까지다. 그래서 아빠 재혼 말을 한 것이다. 그래, 재혼은 아빠도 생각하고 계시겠지만 딱 맞을 재혼자가 나타날 것인가도 문제다. 그러니까 재혼자가 나타난다 해도 홀로된 과부는 거의 없을 것이 아닌가. 그래서든 한쪽이 맞으면 다른쪽이 안 맞듯 말이다. 그렇다고 이만큼 성장한 장녀로서 홀로되신 아빠를 보고만 있을 사정은 아니라서 어떻게 해서는 홀로되신 아빠 재혼만은 성사시켜야 한다. 맘에 드는 새엄마로 말이다. 맘에 드는 새엄마까지는 욕심이겠으나 아무튼 그렇다.

"재혼 문제는 나도 생각 중이다. 그렇지만 시급한 것도 아니잖아."

"아빠 맘 나도 알아."

"내 맘 네가 안다고? 알기는 뭘 알아."

알기는 뭘 알아 말은 그렇게 했으나 재혼 얘기까지는 어색하다는 건지 아빠 주동성은 벌떡 일어나 주방으로 가 물 한 컵 떠온다. 아버지로서 물 한 컵 떠와라 애들에게 시켜도 될 것이지만 아내가 없다는 불편함인지도 모르겠지만 그렇다.

"아빠는 나를 어떻게 보실지 몰라도 나도 이젠 사회 일꾼일 만큼이잖아."

"그렇지. 다 큰 사회 일꾼이지."

예선이 네가 사회 일꾼이기까지는 너무 이르다. 지금에 와서 필요 없는 생각일지 몰라도 아내가 유방암이 아니고 건강했다면 예선이 네가 지금쯤은 대학 졸업 논문을 쓰고 있을 텐데 그게 아니게 돼 아쉬움이 너무도 크다. 물론 미안도 하고 말이다. 아빠 주동성 씨는 그런 생각으로 보는 건지 천정을 본다.

"그래서 말인데 나는 아빠 월급도 관리하는 은행 직원이잖아."

"내 월급도 관리…?"

"그래서 말인데 아빠는 그런 자랑 해도 돼."

장녀 주예선은 아버지 맘을 부드럽게 해드리기 위한 너스레까지다.

"그래, 자랑해야지. 그러나 아빠 재혼 문제는 생각을 더 해보자."

그래, 예선이 네가 이 아빠 월급도 취급하는 은행 직원이기도 하지. 그래서 해야 할 일도 바쁠 텐데 이 아빠 재혼 문제까지 신경을 쓰게 해서 아빠로서 미안하다.

"아빠는 딸한테 미안까지야. 말도 안 되게."

"예선이 너 안 바쁘냐?"

"나 안 바빠. 그리고 아빠 재혼 문제는 내가 감당해야 할 문제야."

"뭐? 아빠 재혼 문제가 예선이 네가 감당해야 할 문제?"

그래, 예선이 네가 아빠 재혼 문제를 들고나오는 건 그만한 이유가 있을 거다. 예선이 네 말이 아니어도 너는 어느새 이만큼 커서 은행 직원까지 됐냐. 예선이 네 엄마가 그리만 안 됐으면 우리 가정은 얼마나 행복한 가정이겠냐. 휴일이면 네 엄마 운전 솜씨로 나들이도 하고 말이다.

여보, 당신 장녀와 나누고 있는 애기 하늘나라에서 듣고는 있는 거요. 그리도 건강했던 당신이 지금은 이게 뭐요. 그렇게 되리라고 누군들 짐작이나 했겠소마는 당신이 없는 우리 가정은 말이 아니요. 당신이 아니게도 떠나고 보니 쓸쓸함 말이요. 그러기에 예선이가 어찌할 바 몰라 해요. 그래서 아빠로서 애들에게 미안도 해요. 그렇기는 해도 예선이는 은행 직원으로 취직을 해 근무 중이기는 해도요. 예선이가 은행 직원으로 취직하기까지는 당신이 떠나버리고 없으니 대학을 포기하고요. 그러니까 당신이 그동안 친구처럼 여겼던 장녀 말이요. 예선이가 은행 직원이기는 하나 생각은 온통 내 재혼 문제에 있나 봐요. 그래서 미안도 해요. 그래요, 당신이야 하늘나라로 떠나가버렸으니 다시 살아 돌아올 수는 도저히 없겠지만 나는 너무도 힘든데 어쩌면 좋아요. 아빠 주동성 씨는 그런 생각을 어찌 않겠는가마는 심란心亂스런 표정까지 짓는다.

"아빠는 어떻게 생각하실지 몰라도 나는 아니야."

상황상 엄마 역할도 해야 할 예선으로서는 짐작도 필요 없이 홀로되신 아빠 재혼 문제가 너무도 심각해서 하는 말일 게다.

"그래, 네 엄마가 그렇게 떠나고 보니 허전한 맘은 어쩔 수 없기는 하다."

"사실인 줄 아시면 다른 생각도 해봐. 우리 생각만 하지 말고…."

"그러면…?"

"그러면이 아니야. 그러니까 가만히 있지만 말라는 거여."

엄마가 없는 장녀로서 정성껏 모셔야 할 아버지이기는 해도 때로는 많이도 불편하다. 그러니까 아버지는 어디까지나 남성이기 때문이다. 그런 얘기를 다 하자면 한이 없겠으나 아빠와 단둘이 있기라도 하면 무섭다는 생각을 떨칠 수가 없어서다.

"예선이 네가 아빠 걱정하는 건 이해한다. 그렇지만 재혼 문제는 네 생각처럼 간단한 문제가 아니다."

"간단한 문제가 아닌 줄은 나도 알아. 그렇지만 서둘러라도 보라는 거여."

"서둘러라도 보라고…?"

"그래."

"네 말도 일리가 있기는 하다. 그렇지만 재혼은 간단치가 않은 문제다."

서둘러보라는 예선이 말은 홀로된 내가 답답해서 하는 말일 게

다. 그래, 재혼하라는 말은 고마운 말이기는 하나 너희들 삼 남매가 내 눈앞에서 어른거린다. 이런 사정에 내몰린 사람은 나뿐이 아닐지 몰라도 너무도 어려운 게 재혼 문제란다.

"그래, 간단치 않기는 하지. 그걸 모르고 하는 말이 아니야."

"아무튼 재혼 문제에 있어는 쉽게 받아들이기는 너무도 어려운 문제이니 일단은 그리만 알자."

재혼 문제는 어려운 문제이니 일단은 그리만 알자 했지만 맘 한구석에 홀로라는 생각만은 지울 수가 없다. 네 엄마는 너희들 삼 남매도 낳아주고 그래서 아빠로서는 행복했는데 지금은 아무것도 아니잖아. 네 엄마는 느닷없이 유방암이라는 악마가 데리고 가버렸기 때문에 말이다. 그랬기에 너희들이 아빠 걱정까지 하게 되는구나. 지금은 아니게 되어버린 상황에서 후회한들 무슨 소용이 있겠느냐마는 네 엄마는 건강 체크 차원에서 검진해보니 여성들에게는 흔할 수도 있는 유방암이 엄마에게도 발견이 돼 결국은 아니게도 떠나고 말았지만. 유방암 완전 제거까지는 아니었을까, 수술이 잘되었다는 말만 믿고 방심한 것이 유방암 재발이 되는 바람에 아니게도 예선이 네가 말하는 재혼 문제까지다.

예선이 네가 말하는 재혼을 인정한다 해도 함께하겠다고 나설 사람이 있는 것도 아니고, 함께하겠다는 사람이 나선다 해도 이 아빠의 성격을 맞춰줄 사람이 있겠느냐는 거다. 특히 너희들과의 관계 말이다. 그래, 상상도 못 한 일을 당하고 보니 오늘을 살아가고 있는 부부들에게 말하고 싶기도 하다. 나를 못살게만 하지 않으면 군말 말고 그대로 살라고 말이다. 아빠는 너무도 힘들어서다.

"아빠가 간단치 않다는 게 우리 때문이야?"

"그런 점도 있고…"

"아빠가 우리에게 미안해할 필요는 없어. 그러니까 현재를 인정하는 게 무엇보다 중요해."

"그래, 현재를 인정하는 게 중요하지. 아무튼 알았다."

"알았다가 아니라 아빠가 재혼해야 우리가 활발히 살 게 아니야."

우리 삼 남매가 활발하게 살려면 일차적으로 아빠의 재혼이다. 그것을 아빠도 인정하실 테지만 홀로되신 아버지가 너무도 쓸쓸해 보이기도 하고 장녀라 그런지 신경을 써야 할 일이 한두 가지가 아니다. 그래서 그동안 엄마와 맞나게 쓰시던 방에 들어가려 해도 남자인 막내 성길이가 방에 있든지, 아니면 방문을 열든지 그래서다. 물론 막내 성길이도 그게 좋겠다고 해서 된 일이지만 아빠 맘 한구석에는 떠나가버린 엄마가 귀신처럼(드라마 '전설의 고향') 나타날지도 모른다는 말도 안 될 상상 때문일지 몰라도 여기서 구구한 생각을 해본들 무슨 소용이 있겠는가마는 홀로 남게 된 것이 아버지가 아니고 엄마라면 딸이기는 해도 같은 여자끼리라 신경이 덜 쓰일 것이지만 아빠는 어디까지나 남자이기 때문이다.

"그래, 예선이 네 생각이 틀리지는 않다만 맘은 편치 못하다."

다 큰 자식이기는 해도 딸의 말을 듣지 않으면 안 될 만큼 이리도 어렵냐. 아내가 떠나고 보니 삶이 말이 아니다.

"예인아!"

장녀 주예선은 아버지 재혼 문제를 가지고 동생들을 불러모은 자리에서 말한다.

"왜?"

"왜가 아니라 예인이 너 오늘 시간이 되냐?"

"시간이야 만들면 되지. 그런데 아빠 재혼 문제 때문에?"

"네가 그걸 어떻게 알고…?"

"그걸 내가 왜 몰라. 나도 내년이면 대학생이야."

힘들어하시는 아버지를 보고 있어. 언니가 없다면 내가 감당해야 할 일. 그러니까 언니는 엄마 역할도 해야 할, 그런 맏딸인 것이다. 그래서 홀로되신 아버지에 대해 말하려는 것이겠지. 우리 아버지는 엄마와 그동안 살면서 말다툼조차도 없으셨던 것 같다. 물론 아버지는 표정부터 순박하시기는 해도 아버지는 화를 내본 일이 없으시다. 우리 삼 남매는 아버지에게 무슨 말이든 어렵지 않게 한다. 엄마만 그렇게 안 됐다면 아버지는 세원주식회사 부장이시라 월급도 괜찮다. 그렇기에 경제적으로는 걱정이 없다. 걱정이 있다면 학생으로서 학교 성적이 높지 않아 그것이 걱정이라면 걱정일 뿐이다. 언니는 은행 직원으로 이미 취직이 된 상태이고 말이다. 물론 엄마는 작년에 돌아가셨기에 아버지야 말할 필요는 없겠으나 우리 삼 남매까지도 힘이 든다. 언니는 그래서 말하려는가 싶다.

"그래, 내년이면 대학생이지."

"그래서 말인데 언니가 아빠에게 하는 말 듣기도 했어."

"그러면 성길이 너는?" 큰누나 말이다.

"아빠 재혼 문제?"

"성길이 네 생각도 알고 싶어서 이런 자리를 마련한 거야." 작은 누나 예인이 말이다.

"그러니까 새엄마 모시는 문제라면 너무도 어려울 것 같다."

큰누나는 새엄마 모시는 문제로 모이자고 했겠지만 다른 여자를 엄마라고 해야 한다면 내 생활은 어떻게 될 건가? 물론 깊이 생각은 못 했어도 막내 성길이는 그런 생각인지 두 누나를 번갈아 본다.

"그래, 새엄마를 모시는 문제가 쉬울 수는 없지. 그렇지만 우리가 감당해내야 할 아빠 재혼 문제야."

"그건 나도 알아."

엄마의 죽음은 되돌릴 수 없는 일이기는 해도 남의 엄마를 엄마로 불러야만 한다면 삶은 어떻게 되는가. 아빠의 재혼 문제는 너무도 복잡하다. 엄마는 이렇게 복잡할 줄도 모르고 세상을 떠나셨을까. 친구 엄마들마다는 모임이네 뭐네 그런다는데 우리 집은 이게 뭐야. 말도 안 되게. 엄마가 차려주는 밥상도 아닐 테고 말이다. 막내 주성길은 그런 눈으로 누나들을 보는 걸까? 한참을 큰누나를 본다.

"성길이 네 생각은 어떨지 모르겠지만 누나도 하고 싶은 말은 아니다. 그렇지만 우리 집에 몰아닥친 복잡한 사정을 그러려니 할 수는 없잖아. 그래서 하는 말이야."

"엄마는 우리 생각도 안 했을까?"

막내 성길이는 삼 남매를 생각지도 않고 떠나가버린 엄마가 밉다는 태도의 말이다.

"아이고… 이것아…"

큰누나 말이다.

"그러면 내가 말 잘못했나?"

엄마는 우리 생각을 안 했을까 말을 해놓고 보니 큰누나를 속상하게 한 것 같다. 큰누나는 홀로되신 아버지에 대한 걱정이 막내인 내 생각과 어찌 같겠는가. 그래서 이해가 되기는 하나 새엄마라는 말은 정말 아닐 것 같아서다.

"그래, 말 잘못했지. 그렇다고 새엄마에 대해 너희들의 생각을 듣고자 하는 것은 결코 아니다. 상황을 너희들도 알라는 거지."

"누나 미안해."

"성길이 네가 왜. 미안해할 것까지는 없어. 우리 집 사정 때문이잖아. 그래서 말인데 아버지 진짜 맘은 어디까지인지 말씀이 없어 잘 모르겠으나 우리가 아버지에게 해드릴 수 있기는 재혼을 도와드리는 일밖에 없을 거잖아. 그래서 하는 말이야."

"…"

큰누나 말대로 우리가 아버지에게 해드릴 수 있기는 재혼을 도와드리는 일밖에 없기는 하지. 도와드린다고 해도 그것이 무엇일지 방법도 모르는 상황에서 막내 성길이는 그런 맘인지 미안해하는 표정이다.

"그런데 아빠가 주무시기는 잘 주무시더냐."

큰누나 주예선 말이다.

"잘 주무시겠지."

"잘 주무시겠지가 뭐야."

"잘 주무시는지 모르는 건 내가 먼저 자기 때문이야."

"먼저 잔다 해도 그렇지, 아버지와 한 방에 자면서 잘 모르겠다고 해서야 되겠냐 이 녀석아!"

"그렇기는 해도 잠은 내가 먼저라서 그렇지."

큰누나 주선해준 일이기는 하나 아빠와 한방을 쓰기는 해도 아빠가 잠드시는 문제까지는 모를 것이 당연하다. 생각이 없는 탓인지 침대에 눕자마자 잠이 곧 들어서다. 책상까지도 옮긴 상태에서, 물론 침대도 말이다. 침대만은 아빠와 함께 사용하면 어떻겠냐고 해서 막내인 나도 그러겠다고 했는데 아빠는 아니라고 해서다.

아무튼 주예선은 섬기고 있는 샘물같은교회 이순성 담임목사님께 편지를 쓴다.

목사님, 안녕하세요. 저는 고등부를 맡은 주예선이에요. 그런데 저는 홀로되신 아버지와 함께해주실 새엄마를 모시고 싶습니다. 목사님께서는 우리 엄마(원삼례 집사) 장례를 도와주시기도 해서 우리 집 사정을 어느 정도 알고 계시겠지만 엄마가 병마를 이기지 못해 결국 소천하시고 보니 제 집안이 말이 아닙니다. 그러기에 저의 집에서는 웃음조차 사라지고 말았습니다. 그래서 전날 같은 웃음까지는 아니어도 웃음을 되찾고 싶은데 그러기 위해서는 아버지와 함께해주실 새엄마가 계셔야만 할 것 같습니다. 이런 말을 목사님께 드린다고 해서 해결될 일이 아닌 줄 알면서도 홀로되신 아버지 걱정에 잠도 안 오고 그래서 이런 글을 씁니다. 그렇지만 제 생각이 목사님께 부담을 드리는 건 아닐지 모르겠습니다. - 고등부 교사 주예선

주예선은 이 내용을 우편이 아닌 쪽지로 해서 이순성 담임목사 집무실 책상에다 올려놓는다. 물론 주일날.

"여보!"
"왜요."
"왜요가 아니라 이 쪽지 한번 보시오."
샘물같은교회 이순성 담임목사는 주예선이가 쓴 쪽지를 아내에게 내밀면서 말한다.
"이걸 제게 주면 어떻게 해요."

이순성 목사 사모는 남편으로부터 건네받은 쪽지를 보고서 하는 말이다.

"어떻게 하라는 말이 아니라. 생각이라도 한번 해보라는 거요."

"생각이야 해보겠지만 아버지가 아니고, 엄마라면 또 모를까."

"엄마라면 모를까 말은 가능하다는 거요?"

"아니에요."

"아무튼 주예선 새엄마를 찾아보기는 당신이라야 할 게 아니요. 그래서 말인데 당신은 사모 모임도 있는 줄 아는데 한번 생각해봐요."

그래, 한 교회에서만 묻혀 살아서 그렇지, 밖에 나가보면 세상은 넓다. 그래서든 이런저런 사정으로 도움이 필요로 하는 사람이 얼마나 많겠는가. 교회는 자신의 복을 추구하는, 그런 개인주의를 추구하는 교회가 아님을 나는 설교에서 밥 먹듯 하게 된다. 그러니까 교회는 기뻐하는 자와 함께 기뻐하고 우는 자와는 함께 울라, 목회자들은 그런 말을 한다. 그러니까 강도를 만난 사마리아인을 구한 비유 얘기는 신앙으로서의 핵심일 수도 있다.

성경에서 말하는 것을 살피지 않더라도 오늘을 살아가는 우리가 누구를 돕는다는 것은 얼마나 귀한 일인가. 그래서 이순성 목사는 아내에게 말하는 것이다.

"그러면 주예선 선생을 내가 한번 만나볼게요."

이순성 목사님 아내 말이다.

"그래요, 시간도 낼 수 있겠냐고 묻기도 하고요."

"시간이 된다면 무슨 말씀 하시려고요?"

"무슨 말 하겠어요. 쪽지를 보라고 준 건데 자기 아버지에 대해 어떤 생각인지 묻기라도 해야지요."

"알았어요."

아무튼 그리해서 주예선은 이순성 목사님 부부와 자리를 함께 한다.

"주 선생이 준 쪽지를 보고 하는 말인데 어머니가 안 계시게 돼 아버지는 많이도 힘드시겠지요?"

"그거야 말해 뭘 해요. 사실이지 않겠어요."

이순성 목사님 아내 말이다.

"그렇지만 주 선생이 준 쪽지만 봐서는 주 선생 아버지 생각을 다 알 수 없습니다. 그래서 우선 주 선생의 생각을 먼저 듣고 싶은데 말할 수 있겠어요?"

이순성 목사님 말씀이다.

"목사님께서 보신 내용 그대로입니다."

"주 선생 아버지 말씀을 듣지 않고는 잘 모르겠지만 많이 두렵기까지 했을 건데 그렇지요?"

이순성 목사님 아내 말이다.

"아버지는 낮엔 거의 못 들어오실 정도예요."

"그래요, 계셔야 할 엄마가 떠나시고 안 계시니 아버지께서야 힘드실 건 말할 필요도 없지만 주 선생은 너무도 힘들겠다."

이번엔 이순성 목사님 말씀이다.

"엄마가 없고부터는 집에 들어오시기는 주무실 시간쯤에서야 오세요. 물론 막내가 남자라 아빠와 한방을 쓰게는 했어도요."

"주 선생은 맏이지요?"

"예, 제가 맏이예요."

"아이고. 엄마가 없는 맏이는 정말 어려울 건데 어쩌면 좋냐…."

"목사님, 죄송합니다."

"죄송이라니요. 아버지가 홀로되신 게 너무도 힘들어 편지까지 준 건데요."

"정말 힘들어요, 목사님. 아버지가 들어오시기는 해도 주무실 시간쯤에 들어오셔요. 자식인 우리 삼 남매가 있기는 해도 말이에요. 엄마가 없는 상황에서 집에 오고 싶으시겠습니까. 회사에 출근하실 때는 그런대로 하시지만 저녁은 우리끼리만 먹게 돼요. 아버지가 그러시기는 회사에 출근은 하셔도 하시는 일에 억지는 아니실까 싶어요. 물론 지시하는 부장님이시기는 하셔도요. 그래서 새엄마를 만나면 해서 제 생각을 적어드린 거예요."

"그래요. 내용대로 잘 되어야지요."

"감사합니다. 그래서 기도를 해도 홀로되신 아버지에 대해 기도하게 돼요, 목사님."

"그렇기는 해도 내 아버진데 두렵다는 것은 아닌 것 같은데요."

이순성 목사님 아내 말이다.

"집에 들어오시기는 해도 방문을 열기조차 두려워하시는 눈치에요. 물론 방문이 항상 열려 있는 방이기는 하나 막내가 방에 있기 전에는 늘 그러서요."

"이건 듣기에 따라 엉뚱한 말일지 모르겠나 진실한 신앙인이 아니고는… 그러니까 이미 돌아가신 엄마가 귀신으로 돌변해 다가오는 느낌일지도 모르겠다는 것입니다."

"그럴까는 몰라도 아버지가 방에 들어가는 게 너무도 싫으신가 봐요."

"아내가 없는 방에 들어가기가 두려울 건 말해 뭘 해요." 이순성 목사님 아내 말이다.

"아버지가 그러시지 않아도 주 선생으로서는 새엄마는 반드시 네요."

부부란 말할 필요도 없이 짝을 말함이다. 그러니 짝이란 뭔가를 생각할 필요도 있다. 그러니까 서로 의지가 되는 존재 말이다. 하나님께서 우주를 창조하시고 아담을 창조하신 것이다. 아담을 창조해놓고 살펴보니 아담이 외로움을 느끼는 것 같다. 그래서 외롭지 않게 배필인 하와를 만드셨다고 성경은 말하고 있다. 이것이 지금 말한 주예선 아버지 사정일 것이다. 주예선의 편지가 있기 전엔 생각조차도 못 했던 그런 일 말이다. 아무튼 이제부턴 주예선의 새엄마를 찾아주는 것도 목회자가 해야 할 일 중 하나가 된 것으로 생각을 해봐야겠다. 주예선은 교회 고등부를 맡아보는 교사이기도 하는 참한 아가씨다. 그게 아니어도 새엄마를 찾아보자.

"그러면 주 선생 동생들은 어때요?"

"그러니까 아버지에 대해서요?"

"그렇지요. 홀로되신 아버지이지요."

"잘 모르겠어요."

"그래요, 잘 모르겠지요. 묻는 내가 잘못이네요. 아무튼 주 선생은 그런 말을 듣고 엄마의 자리가 얼마나 큰지 느꼈겠지만 그렇다고 새엄마를 맞이한다는 건 또 다른 어려움일 수도 있는데, 그런 문제 각오는 되어 있나요?" 이수성 목사님 말씀이다.

"그러면 아버지를 새엄마와 따로 사시게 해드리면 어떨까 하는데 그렇게까지는 쉽지 않겠지요?" 이순성 목사님 아내 말이다.

"아니, 그러면 사람이 있기는 하다는 말이요?" 이순성 목사님 말씀이다.

"사람이 있다기보다 사별한 여자분이 있다는 말을 들어서요."

"그러면 잘됐네요. 당신이 한번 힘써보시오. 그래서 말인데 주 선생 아버지에게 재혼이 될 수 있는 길이 열렸으면 좋겠다. 효녀인 딸을 위해서라도."

"힘쓸 것까지는 없겠고, 한번 물어나 볼게요."

"그러면 당신이 주 선생이 생각하는 길이 열리게 해봐요. 그리고 나는 주 선생은 새엄마가 있기를 기도할게요." 이순성 목사님 말씀이다.

"목사님 감사합니다."

"여기서 감사까지는 아니에요." 이순성 목사님 아내 말이다.

"그런데 말이요. 가능하다면 이런 얘기를 동생들과도 했으면 하는데 주 선생은 괜찮겠지요?" 이순성 목사님 말씀이다.

"저는 생활전선에 뛰어들기는 했어도 철이 아직 없지만 동생들은 더 철없어요."

"아직 고등학생이라면 철이 없을 건 당연하지요." 이순성 목사님 아내 말이다.

"철은 없어도 목사님이 말씀해주시면 좋겠다는 생각입니다."

"그리고 얘긴데 주 선생도 결혼해야 할 것 같은데 사귀는 사람 있을까요?" 이순성 목사님 말씀이다.

"없어요. 없는데 사람이 있으면 말씀해주십시오."

"지금 한 말 진짜예요?"

"예, 진짜예요."

"진짜라고 해도 주 선생은 똑똑도 하지만 예쁜 것이 문제다." 이순성 목사님 아내 말이다.

"사모님…."

"그런 말 주 선생 면전에서 하면 안 되는데 미안해요."

"말이 나왔으니 주 선생은 나도 사모와 같은 생각이요."

"목사님 저는 아닙니다."

"아니기는 사실을 말한 건데. 주 선생에게 좋은 청년 나타나면 좋겠다."

"결혼 말씀을 하셔서 생각하는 거지만 처지가 비슷했으면 해요."

"처지가 비슷하다는 말은 무슨 의미로 하는 말이요?" 이순성 목사님 아내 말이다.

"깊은 생각까지는 아니고 그냥이어요."

"그냥일 수는 없지요. 아무튼 주 선생과 어울릴 신랑감이어야 해요. 그래서 말인데 나도 한번 찾아볼게요."

"목사님, 감사합니다. 그러나 제가 이런 생각까지 해서는 안 되겠지만 잘난 사람보다는 좀 못난 사람을 생각하고 있어요."

"그런 말은 아니다."

"진짜예요."

"진짜라고 해도 좀 못난 사람을 생각한다는 말이 무슨 의미로 하는 말인지도 모르겠다." 이순성 목사님 아내 말이다.

"제 생각을 믿지 못하시겠지만, 남자나 여자나 자기 잘난 체를 꼭 한다는 말을 들어서요."

"그래, 잘난 사람은 잘난 체하기는 하지."

그렇다. 결혼 당시야 좋은 사람일 것 같아 무엇이든 다 주고 싶다가도 삶의 열 가지 중 단 한 가지만 맘에 안 들어도 너만 여자냐(남자냐) 하게 된다지 않은가. 이런 문제에 있어 현대에 와서는 성직자도 예외일 수는 없는 것이다. 인간 본성일 테니까.

'따르릉, 따르릉, 따르릉.'

"예, 샘물같은교회 담임목삽니다."

"목사님, 저 장종기 장로예요."

장종기 장로는 샘물같은교회 선임장로다. 담임목사를 위하자 차원으로 교회 직원들도 불러내 점심 대접도 하곤 하는 맘씨 넉넉한 장로다.

"아이고… 장 장로님이시구나. 그런데 어쩐 일로요?"

"어쩐 일이 아니라 목사님, 언제쯤 시간이 되시겠어요?"

"시간이야 내면 되지요. 그렇기는 하지만 무슨 일이 있으세요?"

"그러시면 낼 부목사님들과 점심 한번 먹읍시다."

"그러시면 저야 좋지요."

이순성 목사는 그렇게 해서 점심 식사 자리를 하게 된다. 교회 직원들까지 함께다.

"목사는 대접받는 게 아닌데, 아무튼 감사합니다."

"이런 일이 자주 있어야 할 텐데 그렇지 못해 죄송합니다."

"별말씀을 다 하십니다. 상이 나왔으니 감사기도부터 합시다."

"하나님 아버지, 오늘은 부목사님들, 전도사들, 그리고 교회를 위해 날마다 수고하시는 직원님들과도 한 상에 둘러앉았습니다. 주안에서 떡을 떼는 것은 참 아름다운 일 중 한 가지인 줄로 우리는 압니다. 그래서든 이런 일로 해서 마음과 맘이 연결되어 더욱 따뜻한 교회가 되게 하여주소서. 그리고 대접해주시는 장로님과 이런 음식을 만들어주신 분들에게도 하나님의 은총이 충만하게 하여주소서. 예수님 이름으로 기도합니다."

"그러면 숟가락은 제가 먼저 들겠습니다. 맛있게 먹겠습니다."

"예, 맛있게 드세요."

목회자는 하나님 말씀을 전하는 전문가이지만 교회를 이끄는 자리에 계신다. 어떻든 그렇게 해서 밥을 먹다 말고 이순성 목사는 결혼 중재 말을 꺼내기 시작한다.

"이제야 생각이나 우리 샘물같은교회가 해야 할 일들 중 결혼 중재도 해보면 어떨까 싶습니다." 이순성 목사님 말씀이다.

"결혼 중재요?" 부목사인 송정관 목사 말이다.

"예, 결혼 중재요."

"결혼 중재는 좋은 일이지요." 점심 대접을 하는 장종기 장로 말이다.

"그런 말은 밥상 자리에서 하기는 어울리지는 않겠지만 하게 되네요."

"결혼 중재 얘기는 이런 자리가 어울리지요." 부목사 송정관 말이다.

"느닷없는 말이나 그러실 것 같아 말하게 됩니다."

그렇다. 예수 믿는 사람은 예수를 믿지 않는 사람과 결혼을 하지 말라고 한다. 그것은 신앙인으로서 전도를 해야 할 관점에서도 아니다. 신앙인끼리가 아닌 결혼이 그렇게 문제인 건가 말이다. 신앙인끼리만의 결혼은 성경 말씀의 왜곡이다. 성경 복음서에서 언급되는 예수님 사역을 보면 사회적으로 지탄받던 세리장 삭개오를 만나주셨는데 사회적으로 지탄의 대상인 삭개오의 집에서 유하겠다고까지 하셨음을 보면 말이다. 예수님이 그렇게까지 한 것은 이것저것 너무 따지지 말자는 의미이지 않겠는가.

어떻든 신앙은 함께인 공동체가 아닌, 어디까지나 개인 문제다. 그러니까 신앙의 자유 말이다. 이런 문제에 있어 말한다면 인간관계를 신앙심이라는 잣대에다만 들이대지 말기다. 배우자를 선택하는 신앙인에게 말한다. 비신앙이면 전도를 해야겠다는 맘으로 접근해보라. 물론 그것이 성공으로 이어지게 되기까지는 그만한 노력이 필요하겠지만 성공으로 이어진다면 부수적 효과인 행복이 덤으로 주어질 것은 짐작이 필요하겠는가.

그러니 신앙인은 신앙심이라는 말도 안 될 울타리를 치지 말아야 할 것이다. 다시 말해 신앙심의 지혜를 어학사전에다만 두지 말라는 것이다. 신앙인이면 누구도 아니라고 못할 테지만 이웃을 위하는 사랑이라는 말 입에만 주렁주렁 매달렸다는 게 아쉬움이다.

이런 면에서 지난날을 생각해보면 삼십 대 초반 나이에 예수 믿는 동생이 예수를 믿지 않는 처녀와 결혼을 하게 돼 주례 부탁하러 섬기는 교회 목사님을 찾아갔는데 아니게도 거절당하고 만다. 거절은 교회가 세운 규칙이기 때문이다. 교회 규칙이면 다른 방법이라도 가르쳐주시지 그랬는가 싶어 살짝 밉기까지 했단다. 밉기는 결혼식 날짜가 여유도 없이 당장 내일이기 때문이다. 그래서 친구는 결혼했다는 이름만 짓게 주례를 서주면 어떨까 말했고, 결혼했다는 이름을 지어주었단다.

　"그런데 목사님 말씀은 한번 해보신 말씀이 아니지요?" 부목사 송정관 목사 말이다.
　"그렇기는 하지요. 한번 해본 말이 아니지요."
　"그러시면 누군지나 말씀해주십시오." 또 송정관 목사 말이다.
　"누구라고 이름까지 밝히기는 아직 이른 것 같고, 여성이어요. 일단은 그렇게만 알고 관심만은 가져주시면 합니다. 물론 상대는 우리 교회 성도 말고 다른 교회 성도로요."
　"그렇게만 말씀하시지 말고 다 말씀하십시오. 저는 너무 궁금합니다." 점심을 대접하는 선임장로 말이다.
　"좋은 일이기는 하나 오늘은 거기까지만 말씀드릴게요."
　"누군지나 알아야 할 텐데 목사님은 그러시네요."
　송정관 목사는 고향 친구 동생 오종근이가 눈에 밟혀서 말하는 것이다.
　"지금 말한 내용 곧 알게 될 테니 그런 줄이나 아시고 헤어집시다."

　"오늘 점심시간에 목사님께서 하신 말씀 너무도 궁금해요." 송정관 목사가 담임목사 사무실에서 하는 말이다.
　"그러니까 오늘 여성분이라고 한 말이요?"
　"그렇지요, 목사님 말씀은 나이 먹은 여성을 두고 하신 말씀이 아닐 거잖아요."

"그렇기는 하지요. 그러면 사람이 있어서 말이요."

"사람이 있다기보다. 제 고향 친구 동생이 있어서요."

"그래요?"

"예, 소개하고 싶은 괜찮은 청년이어요."

"그러면 상대의 조건이 어떤지 알아야 할 테니 당장은 말고 일단은 그런 줄로만 아세요."

"알겠습니다."

"그런데 송 목사님은 지역 관리도 무거울 텐데 무거운 짐 한 가지 더 지는 건 아닌지 모르겠네요."

"그렇게 되는 건가요. 허허."

이순성 목사는 허허 하고 웃는다.

"엄마!"

이번엔 주예선의 새엄마가 될 가정 고3 학생인 딸 정기예 말이다.

"무슨 말 하려고?"

"무슨 말 하려고가 아니라 난 늘 엄마를 바라보게 돼."

"너, 쓸데없는 말 하려고 그러는 거지?"

기예 네가 무슨 말을 하려는지 짐작까지 할 필요가 있겠냐. 과부로 살 생각은 하지 말라는 것일 테다. 그래, 기예 네 아버지가 졸지에 떠나시고 보니 엄마가 쓸쓸해 보일 것은 물론이다. 뿐만이 아니다. 부모와 자식 간 일상적 대화조차 없어졌다시피 했기

때문이다. 집안을 지탱해야 할 네 아버지가 교통사고라는 이유이
기는 하나 졸지에 떠나버리고 없다는 건 무슨 말로도 표현 못 할
암흑인 게 사실이다.

"내가 무슨 말을 하고 있는지 엄마는 짐작이 될 텐데."
"엉뚱한 말 할 거면 네 방 청소나 좀 해라."
"그거야 바빠서 날마다는 못 해도 자주 하잖아."
"자주가 뭐야. 엄마가 보기엔 말도 안 된다."
"꼭 그렇지는 않은데 엄마는 그런다."
"아무리 바빠도 깨끗하게는 살자."
"방이 너무 깨끗해서는 복이 들어오고자 해도 미끄러져 낙상할
까 봐 그래선데."
"뭐야, 미끄러져 낙상할까 봐?"
"그게 아니라 엄마가 얼굴을 펴질 않아서야."
가정을 책임질 아버지가 교통사고 때문이기는 했으나 졸지에
세상을 떠나시고 만 상황에서 웃으면 비정상적이지 어디 정상이
겠는가. 엄마가 너무도 기가 막혀 정신착란중에 걸려 실성하지
않은 것만도 다행이라면 다행이라고 해야겠다. 엄마는 강북 세브
란스병원 간호사이기도 해서 직업상 첫째가 웃어야만 하지 않겠
나. 그러나 지금의 상황은 그렇게는 못 할 상황이다. 그래서 생각
이지만 엄마의 짝인 새아빠를 찾는 일이다.

"오늘은 무얼 해 먹을까?"

"엄마, 그러지 말고 밥 사 먹으면 안 돼?" 둘째 딸 정기순 말이다.

"밥을 밖에서 먹을 거면 뭘 먹을 건데?" 맏딸 정기예 말이다.

"알았다. 무얼 먹을지는 기순이 네가 정하기로 하고 일단은 나가자."

그래, 기순이 너는 한참 먹어야 할 고1이다. 네 아빠가 그렇게 됐다고 해서 엄마가 너 먹는 것까지 소홀해서야 되겠냐. 그렇지만 나도 모르게 너희들에게 소홀히 하게 되는 건 사실이다. 이런 증상이 오래가서는 병(우울증)에 걸릴지도 모르는데.

"엄마, 그런데…."

"그런데가 뭐야. 할 말이 있으면 해봐라."

"우선 점심이나 해결하게 나가. 엄마."

"저기요…."

집 근처와는 거리가 좀 되는 미원식당에서다. 물론 엄마가 운전하는 차로 갔지만.

"예!"

청년인 듯한 종업원이 다가와 깍듯이 한다.

"불고기 부탁합니다."

"몇 분이세요?"

"5인분입니다."

식탁에 자리하기는 세 명이지만 고기를 먹고 싶어 하는 딸들을 위해 2인분을 더한 것이다. 그래, 아빠가 없기는 해도 먹이는 것만은 모자라지 않게 할 테다. 잘 먹고 몸이나 튼튼해라. 네 아빠가 몸 튼튼치 못해서 세상을 떠난 건 아니지만. 그동안 영양가 있는 고기도 못 사준 것이 지금에 와서 미안하다. 엄마 표인숙은 그런 생각인지 두 딸을 본다.

"알겠습니다. 드시다가 부족하시면 또 말씀하세요."

"예, 맛나게 먹겠습니다."

엄마 표인숙은 그렇게 해서 점심을 해결하고 집에 돌아오면서 생각을 한다. 그래, 여자나 남자나 자식을 둔 상태에서 젊어 사별하게 되면 그동안 사랑하는 자식이 혹일 수 있을 건데 나는 그런 처지에 놓여 있는 것이다. 자식이 없다면 직업도 괜찮은 베테랑급 간호사겠다, 맘만 먹으면 재혼하기는 어렵지 않을 게 아닌가. 이와 같은 문제에 있어 누구든지 그렇겠지만 젊어서 사별은 최악이다. 혹이 없다 해도 헌것이라는 딱지는 여자로서 평가절하이기 때문이다. 거기다 혹이라도 더덕더덕 붙어 있다면 더 문제일 수밖에 없지 않겠는가.

"엄마, 나 오늘 잘 먹었는데 다음에 또 사줘요. 학원 다녀올게."

작은딸 정기순은 학원 가방 둘러매고 휑하고 나가버린다.

"기예 너는 갈 데 없냐?"

"오늘은 휴일이잖아."

"그렇기는 해도."

엄마 표인숙은 딸의 맘을 잘 안다. 아직 사십도 안 된 나이에 과부가 된 게 맘에 걸릴 거라는 것을….

"아까 말하려다 기순이가 있어서 말 안 했는데 이제 할게."

"하고 싶은 말이 뭔데."

기예 네 얘기를 들을 필요도 없다. 이 엄마 재혼 문제일 것이다. 그걸 내가 어찌 모르겠냐. 알고도 남지, 물론, 기예 네 말을 한번 들어봐야겠지만 그러잖아도 간호사 동기생인 이명순 간호사가 재혼 말을 꺼내기는 하더라. 혼자여서는 대화조차도 여간 불편하다고 말이다. 괜찮은 상대가 있으니 생각이라도 한번 해보라면서 말이다. 그렇지만 중 제 머리 못 깎는다는 말처럼 나 재혼할 거니 괜찮은 놈 있으면 소개해봐라 그렇게 말할 수는 없어 솔직히 말하라면서 눈치만 보는 중이다. 간호사 동기생인 이명순 간호사가 재혼 말을 꺼내기까지는 샘물같은교회 담임목사 사모가 퍼뜨린 말이 알려져 나온 말이지만 말이다. 그렇다고 나의 재혼 문제를 광고하듯 할 수는 없다. 그래서인지 샘물같은교회 담임목사 아내는 두 달에 한 번씩 모임 자리에서 표인숙 권사 말을 했을 것이다.

"엄마가 이대로만 살 수는 없잖아."

"이대로만 살 수 없으면…?"

"없으면이 아니라 어떻게 좀 해보라는 거여. 가만히 있지만 말고."

"가만히 있지만 말고?"

"그래."

"네 말이 무슨 의미로 하는 말인지 알겠다만 아직은 아닌 것 같다. 물론 생각도 못 할 일이고."

"생각도 못 할 일이라니 그건 말도 안 된다."

"이건 남자들이나 해당이 될 말일지 몰라도 엄마는 남자친구도 없어?"

"야!"

"엄마는 '야!'가 아니야. 그래서 말이지만 엄마도 아빠가 계셔야 겠지만 나도 아빠가 계셔야 할 게 아니야. 그래서야."

"기예 네 말 인정은 하니 엄마 재혼 문제는 말처럼 간단치가 않은 문제야."

"간단치가 않은 문제이기는 해. 그런 점 나도 알아. 그러니까 친 아빠가 아니라서."

"그러면 기순이 너도 언니와 같은 생각이냐?"

"나는 아니야."

"기순이 너는 아니라고?"

"아무튼 나는 언니처럼은 아니야."

"기순이가 아니라고 하니 기예, 네 말도 취소다."

"이런 말까지는 안 하려고 했는데 생각을 해봐, 엄마가 재혼하게 되면 우리는 고아가 되는 거잖아." 작은딸 기순이 말이다.

"아니, 고아? 너는 말을 해도 너무 나간 말을 하고 있다." 맏딸 기예 말이다.

"아무튼 나는 아니야."

"아니면 고등학생으로만 멈추어 있을 거야? 말도 안 되게. 그래서 말이지만 너도 곧 대학생이 되고, 그래서 시집도 갈 거잖아. 시집가게 되면 엄마는 홀로 남게 될 거고 말이야."

"나는 시집도 안 갈 거야."

"시집 안 가다니? 그게 무슨 소리야. 말도 안 되게. 엄마 속 썩이려면 몰라도. 아무튼 기에 너는 엄마가 과부라서냐?"

"그걸 말이라고 해."

'그걸 말이라고 해?' 그런 말은 진짜다. 아버지와 뜻이 안 맞아 헤어졌다 해도 허전하고 쓸쓸할 것은 짐작이 필요 없는데 그것도 아닌 교통사고라는 이유로 느닷없이 사별하게 되었는데 말이다. 그래서 생각이지만 다 큰 딸로서 엄마가 어찌 쓸쓸해 보이지 않겠는가. 그렇기도 하지만 지인들을 만나기라도 하면 홀로된 엄마 얘기를 꺼낼 것 같아 대화 자체를 피하게 된다. 그래서 더욱 엄마 짝을 찾아드리고자 하는 것이다.

"아빠가 아니게도 떠나시고 보니 엄마는 너희들에게까지 미안해진다."

"무슨 미안이여, 말도 안 되게. 엄마는 어떻게 생각할지 몰라도 새아빠를 만나면 나 잘할 수 있어."

"잘할 수 있다는 말 고맙기는 하다만 엉뚱한 생각 하지 마라."

"엉뚱한 생각? 엉뚱한 생각이 아니여. 엄마 인생 새롭게 해보라는 거지. 무슨 말인지 엄마는 알겠어?"

"그래, 네 생각 인정한다 해도 재혼은 생각처럼 간단치가 않다고 해서 생각 중이다."

우리 기예가 이 엄마 재혼 문제를 꺼내기까지는 많은 생각을 했겠지만 네가 어느새 이렇게 커버렸냐. 몇 년 전만 해도 어린이였는데 말이다. 그래, 나중에 알게 된 일이지만 네 아빠는 회사일 출장으로 지방에 내려가 일을 마치고 나니 한밤중인 거야. 그런데다 낮부터 내리던 보슬비는 그칠 줄 모르지, 피곤은 하지, 순간 승용차는 고속도로 가드레일을 부수고 계곡으로 추락한 것이다. 네 아빠는 출장 일 마쳤으니 지금 출발할 거라는 말을 해서 몇 시쯤에 도착하겠지 해서 기다리고 있었지만 아니게도 영안실로 도착한 것이다. 그러니까 날벼락 말이다.

"엄마, 지금 생각 중이라고 했어?"

"아니야, 기예 네가 하도 다그쳐 불쑥 나오게 된 말이야."

"사람 있으면 말해. 난 환영이니."

"무슨 소리야, 사람 없어. 네 아빠를 공장에서 만들 듯 하면 또 몰라도."

"그래, 엄마 재혼이 어디 간단한 일이겠어. 그건 나도 알아. 그렇지만 생각도 없이 이대로 살아서는 안 되잖아. 그래서 하는 말이야."

"일단은 기예 네 말대로 생각은 해볼게."

표인숙 간호사는 그렇게 해서 재혼이 이루어지는데 재혼이 이루어지기까지다.

"아니, 그 말을 들으니 생각나는 사람이 있기는 한데, 말을 들으니 세브란스병원 간호사이면서 참하다네요."

반석교회 담임목사 아내 말이다.

"그래요?"

"예."

"그러면 말이요. 나이는 어떻게 되며, 이건 함부로 해서는 안 될 말이지만 그러니까 혹일 수도 있는 아들딸은 몇이며, 아들딸이 있다면 엄마의 재혼은 찬성하며, 생활 형편은 어느 정도며, 예쁘기는 얼마나 예쁘며, 키는 얼마며 등을 한번 알아보세요."

"키까지는 남자를 말하는 건데요."

이순성 목사 사모 말이다.

"혹 모르니 일단은 소개할 맘이면 성격까지는 모른다 해도 겉으로 나타난 정도는 알고 말해야 할 게 아니요. 그래서요."

"그러면 시급한 문제가 아니니 다음번 모임 때 알아볼게요." 반석교회 담임목사 사모 말이다.

"그러면 기다릴게요."

그렇게 해서 샘물같은교회 담임목사 사모는 집으로 돌아온다.

"당신 오늘 사모들 모임에서 주예선 아빠 재혼 얘기 꺼내는 봤어요?"

샘물같은교회 담임목사 아내는 집에 돌아오자마자 주예선 아빠 재혼 문제를 꺼내려고 하는데도 이순성 목사는 주예선이가 한말 때문에 맘이 급했을까.

"무슨 말이라고 안 해요. 당연히 했지요."

"그러면요?"

"당신은 참 급하기도 하시네요."

"급하다기보다 말을 꺼냈으니 결과는 봐야 해서지요."

"어떤 여잔지 안 봐서 모르니 더 알아보고 다음 모임 때 말하겠대요. 일단 기다려봅시다."

"주예선이가 준 쪽지는 그만큼 간절할 건데 잘됐으면 좋겠다."
이순성 목사님이 혼잣말처럼 한다.

그럴 것이다. 목사로서 목회의 사명은 성도들의 맘을 편하게 해주는 역할이기도 하다. 성경 말씀 가르침이 사후에 천국 가자는 게 목적이지만 살아가는 동안만이라도 세상에서의 천국 맛도 보게 하는 것이다. 목회자야 거기서 조금은 비켜나야겠지만 말이다.

그렇게 해서 여러 사람의 도움으로 표인숙 간호사와 주동성 씨의 재혼이 이루어지게 되는데 그 얘기는 다음과 같다.

"안녕하세요. 저는 소개받은 주동성입니다. 제가 기다리시게 했는지 모르겠는데 늦어서 미안합니다."

"아니요, 저도 방금 왔어요."

표인숙 간호사는 방금이 아니다. 한 시간 가까이 기다린 것이다. 재혼 문제에 있어 여성이라면 다 그리리라 싶기는 해도 시간상 좀 빠르다 싶게 오게 된 것이다.

"그러세요, 아무튼 반갑습니다."

"예, 저도 반갑습니다."

"세상을 살아가다 보면 별일이 다 있겠지요?"

"그렇겠지요." 표인숙 간호사 말이다.

"우리가 이렇게 만나게 된 것도 별일일까요?"

주동성 씨는 표인숙 간호사의 예쁜 손을 보며 이 여자가 내 여자다 한 것인지 표인숙의 손에서 눈을 떼지 못한다. 간호사 손이 다 예쁘기는 하겠지만 말이다. 그걸 다른 사람은 몰라도 환자들은 안다. 주동성 씨도 입원한 일이 있었다. 어쨌든 홀아비 처지인 주동성 씨는 표인숙 간호사가 맘에 든다. 그래, 소개받은 여자가 간호사라는 말 들어 알고는 있었으나 나를 가져가라고 통째로 주고 싶다는 그런 눈빛 같아서다.

"그래요, 따지고 보면 별일일 수도 있겠지요."

"표 간호사님을 만나게 되면 여쭤볼 게 많을 것 같았는데 막상 만나 뵈니 할 말이 없네요."

"우리가 이렇게 만나게 된 건 재혼하자는 것인데 다른 무슨 할 말이 있겠어요. 어쨌든 저는 그리 생각해요."

"그러시군요, 그러면 얘기하기는 여기서도 괜찮겠지만 그래도 밖으로 나갈까요?" 주동성 씨 말이다.

"밖으로요?"

"예, 저는 차도 가지고 왔어요. 물론 좋은 차는 아니기는 해도요."

"차를 가지고 오셨다고요?"

상대의 남자가 누군지 소개자가 말해서 괜찮은 남자일 것으로 짐작만이었는데 승용차까지 가지고 왔다면 가난한 처지는 아닌가 보다. 물론 재혼자로서 경제적 형편까지 보자는 건 아니나, 자가용을 누구나 가질 수 없던 시절에서 말이다.

"얘기는 밖에서 하게 그만 나갑시다."

재혼자면 됐지, 뭘 더 보겠는가. 직업도 그렇지만 나이에 비해 고운 것도 내 취향에 딱 맞는 여잔데 말이다. 표 간호사가 싫다 할지는 몰라도 집으로 데리고 갈 맘까지다. 다만 혹 같은 아이들이 문제라면 문제이기는 하지만 말이다. 아니, 문제 될 게 없다. 우리 맏딸 예선이는 대환영일지도 모르기 때문이다. 아빠인 내 재혼이 되게 힘써 달라는 쪽지를 샘물같은교회 이순성 목사님에게 드렸고. 이순성 목사님 아내가 소문을 낸 것이 오늘인데 말이다.

"알겠습니다. 그런데…"

표인숙 간호사는 주동성 씨 승용차에 오르기는 해야겠으나 머뭇거린다. 아직은 대화도 없는 상태이기도 하지만 쉽게 오르기는 아무래도 아닌 것 같아서다. 그러니까 세상이 바뀐 현대가 아닌 전날 생각이라고 할까, 그래서다.

"이 차가 새 차는 아니나 굴러가는 데는 이상이 없어요. 어서 타기나 하세요." 주동성 씨는 조수석 문을 열면서 말한다.

"제가 여기에 타도 되는 거요?"

"그러면 뒷좌석에 타시게요?"

"그거야 아니지만…."

"어서 타기나 하세요."

주동성 씨는 드라이브를 잠깐만 하고 집으로 데리고 갈까 하다 생각을 바꾼다. 예선이가 재혼을 적극 권하기는 했으나 너무 나간 행동을 하게 되면 '새 여자를 만나고 보니 그렇게 좋으세요.' 그리 생각할지도 모르기 때문에 오늘 만나봤다는 선에서 눈치를 보자. 그러니까 예선이가 직접 만나보고 데리고 오게 하는 것이 더 좋을 것 같아서다. 어떻든 표인숙 간호사를 본인 집 앞까지 태워다주고 돌아와 오늘에 있었던 얘기를 딸에게 할 거다.

"그래, 예선이 네가 그동안 애쓴 일이 잘될지 모르겠다만 일단은 봤다."

"봤으면 아빠 맘에는 들어?"

"맘에 안 들지는 않더라."

"맘에 안 들지는 않더라가 뭐야? 좋더라 그래야지."

"좋기까지는 잘 모르겠고 그냥 그렇더라."

"그냥 그렇더라는 말도 아니다. 괜찮으면 괜찮다고 말해, 나는 대환영이니까."

마침내 새엄마가 생기게 될 모양이다. 그래, 이렇게는 세상 사람들 말로 정성이면 감천이라 말할지 모르겠지만 홀로된 아버지와 함께하실 새엄마가 와주시길 그동안 얼마나 간절히 바랐는가. 그런 간절함 때문에 섬기는 교회 담임목사님에게 편지 형태인 쪽지까지 쓰지 않았는가. 어쨌든 이렇게까지는 하나님의 도우심이 있어서 이루어진 일로 믿고 싶지만 말이다.

물론 아버지의 장녀인 내게도 맘에 들 새엄마까지일지는 몰라도 그동안을 생각해보면 나는 홀로되신 아버지를 모시지 않으면 안 될 장녀라 너무 어려운 문제였던 게 풀리는가 싶기도 해 다행으로 한시름 놓는다고 할까, 일단은 그렇다. 아무튼 홀로되신 아버지 문제 해결이 잘될 것으로 믿어 먼저 하나님께 감사다. 하나님께 감사도 그렇지만 새엄마가 와주시게 그동안 많은 애를 써주신 이순성 목사님께도 사모님께도 감사다.

"예선이 네 말 고맙기는 하다만 그렇다고 대환영까지냐?"

"아빠는 무슨 말이야. 나는 새엄마를 만나게 해달라는 기도까지 했는데."

"그렇기는 해도 재혼이란 너무도 어려운 문제야."

"아빠가 생각하는 어려운 문제란 뭔데?"

"문제 설명까지는 너무도 복잡한 문제니 그런 줄로만 알아라."

재혼이란 너무도 복잡한 문제라고 말한 건 다름이 아니다. 그동안의 자식을 버리고 우리 집으로 오라고 불러들일 수도 없지 않겠냐. 그렇기도 하지만 나 또한 마찬가지로 너희들을 버리고 새엄마 쪽으로 갈 수도 없겠고 그래서다. 그래, 두 가지 다 어렵다고 재혼자끼리 따로 나가 살기도 어려워서다.

"내가 알기는 뭘 알아. 아무튼 이제 다 됐네. 물론 동생들 생각도 같을지 몰라도…."

"말이 나와서 생각이지만 네 동생들 생각은 어떨지 모르겠다."

"그런 문제는 내가 알아서 할 테니 아빠 맘만 정해버려."

"맘을 정해버리라고…?"

"그러면 아빠는 아직도 확실치 않다는 거여?"

말을 들으면 아빠의 재혼 문제는 다 된 거나 마찬가지다. '괜찮기는 하더라.' 그러시는 걸 보면 말이다.

"그러면 이제부턴 또 만나도 되겠냐?" 아빠 주동성은 애들이 걸림돌이라는 듯 맏딸 표정을 보면서 말한다.

"이제부턴 또 만나도 되냐니… 그게 무슨 말이야. 만나는 건 당연하지, 아빠는 그동안 자식들 말 듣고서 할 생각이었어?"

"그건 아니지만, 아무튼 알았다."

그렇게 해서 아빠 주동성 씨는 표인숙 간호사와 부부로서의 행위만 아닐 뿐 밥도 같이 먹고 자동차 드라이브도 하고, 앞으로 어떻게 살아갈지 그런 얘기까지 나누게 된다. 남은 것이 있다면 결혼이라는 이름을 짓는 일이다. 때문에 주동성 씨와 표인숙 간호사는 인사 선물을 들고 샘물같은교회를 담임하시는 이순성 목사를 찾아간다.

"아이고… 이제 오시네요. 어서들 오세요."

이순성 목사 부부는 찾아오길 기다렸다는 듯 여간 반긴다. 반기기까지는 직접 소개는 아니어도 재혼 소개가 원만하게 성사되길 얼마나 간절히 바랐는가.

"저희들 일이 잘되게 애써주신 일 우선 감사부터 드립니다." 주예선 아버지 주동성 씨 말이다.

"감사는 제가 받을 게 아닌 것 같습니다. 어쨌든 잘하신 결정입니다. 우선 축하부터 드립니다."

'홀로되신 우리 아버지 재혼 문제를 목사님이 좀 도와주시면 좋겠습니다.' 주예선의 쪽지를 받고 고민했는데 해결이 된 셈이니 샘물같은교회 담임목사로서 어찌 다행이라 하지 않겠는가. 이렇게 되기 전까지는 그럴 만한 상대가 있어야 노력이라도 해볼 텐데 그럴 만한 사람이 없는 백지 상태였기 때문이다. 이런 일이 세상 말로 지성이면 감천이라 했던가. 어쨌든 하나님은 간절한 사람에게 다가가주실 것이지만 이런 일로 해서 기도도 간절했다. 이건 하나님의 응답일 것이지만 참 잘된 일이다. 그래서 지금 생각으로는 한시름 놨다고 해도 될 것 같다. 이제는 샘물같은교회 담임목사로서 재혼의 이름을 지어주는 일이다.

"별것은 아니나 가지고 왔습니다."

표인숙 간호사는 쇠고기 한 세트를 이순성 목사님 아내에게 내민다.

"그냥 오셔도 될 건데 아무튼 고맙게 받겠습니다."

"목사님, 이제는 목사님께서 저희 재혼 이름을 지어주시면 합니다."

"그래야겠지요. 그러면 결혼식으로 말입니까?"

"재혼인데 그렇게까지는 아니고요, 우리 양쪽 형제들과 간단하게 저녁만 먹는 것으로 이름을 짓자고 했습니다." 주동성 씨 말이다.

"그런데 재혼 이름을 짓기 전에 양쪽 자녀분들을 한번 만나보면 어떨까 하는데 그렇게 가능할까요?"

재혼 문제이기는 해도 맘 편하게 진행하려면 가족들 생각과 일치하는지 확인이 필요할 것 같아서다.

"그렇게 해주시면야 저로서는 감사하지요."

거기까지는 생각 못 했는데 목사님은 하신다. 새엄마를, 새아빠를 맞이하게 될 애들에게 목사님의 당부 말씀은 우리 부부가 살아가는 데 효과적일 것은 물론이다. 아무튼 감사한 일이다.

"그러면 이름 짓기는 언제쯤으로 생각하시나요?"

"날짜는 다다음 주 토요일로 하면 좋겠다고 했습니다." 이번엔 표인숙 간호사 말이다.

"참, 그리고 간호사님은 근무처가 세브란스병원이라는 말을 들은 것 같은데 맞나요?" 이순성 목사님의 아내 말이다.

"예, 맞습니다."

"그러면 세브란스병원에서 근무하시게 된 지도 오래되었고요?"

"오래까지는 아니어도 이십여 년은 된 것 같습니다."

"아니지요. 이십여 년이면 오래지요."

"그런지는 모르겠는데 아무튼 그렇습니다."

"그러시면 산부인과 임영자 의사가 제 친군데 혹 아실지 모르겠습니다."

산부인과 임영자 의사가 제 친군데 말은 같은 여자로서 자리 분위기를 부드럽게 하자는 거지 그걸 꼭 알아보자는 것은 아니다.

"알지요. 그런데 저는 정형외과 간호사라 임영자 의사분과 직접 아는 것까지는 아니어도요."

"그러시면 재혼 이름 짓고 나면 임영자 의사와 덕담도 나눌 기회도 있으면 좋겠습니다."

"노력해볼게요."

"노력까지는 아닙니다."

만남의 얘기는 사무적인 다른 얘기를 이순성 목사 아내는 하게 된다. 그렇다. 현대사회는 여자가 앞장서는 시대라고 말할 수도 있겠으나 남자들 얘기에 생각 없이 끼어들어서는 한마디 들을 수도 있을 게 아닌가. 그렇다고 주고받는 얘기를 듣고만 있어서는 소외감이 들지도 몰라서 하게 되는 말일 게다.

"아무튼 기회를 주시면 합니다."

"그럴게요."

"두 분 만나심이 얼마나 다행이고 감사한 일입니까. 그러나 마땅한 말이 없어 재혼식이라고 해야겠지만 식 시기까지 정했으니 준비는 하시되 조금 전 말한 것처럼 자녀분들과 만나게 해주십시오. 그것은 나이 먹은 사람으로서도 그렇지만 목회자로서도 해줄 말도 있어서요." 이순성 목사 말씀이다.

"그렇게 하겠습니다." 주동성 씨 말이다.

"그러시되, 주 선생님 자녀분들 먼저 만나게 해주시면 합니다. 그래도 되겠지요?" 이순성 목사는 표인숙 간호사를 보면서 말한다.

"예, 그렇게 하겠습니다."

"그리고, 시간은 학생들은 금요일 오후라야 할 것 같고, 저도 설교 준비 때문에 시간은 그때가 적당할 것 같습니다. 그런 점도 참고로 하시되 무얼 들려 보내시거나 그러지는 마십시오. 학생들에는 어울리지 않아서입니다."

"아, 예."

우리 한민족 만남의 관계 문화는 주로 공경심의 문화다. 그래서겠지만 어른을 찾아뵐 때 전통적으로 행해져 내려오는 예절이 있다. 어른을 찾아뵙기는 얼굴만이어도 되겠지만 문제는 빈손으로 가는 것은 아니라는데 부담이다. 그래서 집안 어른들 뵙는데 빈손이어서는 안 된다는 가르침이기도 하다. 그렇지만 현대에 와서는 다름을 알아둘 필요도 있을 것 같다. 그것은 가난한 시대가 아니기 때문이다. 목사님처럼 부르게 되는 어른들 입장이나, 어른을 뵙게 되는 젊은이들 입장이나 빈손 때문에 만남이 부담이어서는 안 될 것이기 때문이다. 그게 진정 옳다고 말할 수는 없겠으나 어른들은 변한 시대를 인정하고 젊은이들에게 미리 말해둠이 어떨까 한다.

"아이고, 바쁠 텐데 이렇게 오라고 해서 미안해요."

미리 말해둔 대로 주동성 씨 삼 남매를 맞이한 이순성 목사 말씀이다.

"아니에요. 불러주셔서 감사합니다."

주예선이 목사님과 얘기를 나누는 사이 이순성 목사님 아내는 커피를 타온다.

"아이고, 동생들도 와주어 반갑네. 아무튼 공부하기도 바쁜 학생들이라 시간도 없을 텐데도 아무튼 이렇게 와주어 고맙네. 그런데 학생들은 아닐 수도 있는 커피를 타 왔는데 커피가 괜찮을지 모르겠네." 이순성 목사님 아내는 너스레까지 한다.

"지금 몇 시야, 세 시잖아. 세 시면 이르기는 하다." 이순성 목사님이 혼잣말처럼 말한다.

"시간은 왜요?"

"왜가 아니라 오늘 저녁은 좀 일찍 먹을 수 있게 할 수는 없을까 해서요."

"그거야 되지요. 학생들이 바쁠지 몰라도요."

"그런 문제도 있구먼. 그래, 학생들 바쁘지는 않지?"

젊은이들 심리에서 너무도 부담스러워한다는 것을 이순성 목사님은 누구보다 잘 안다고 할까, 그래서다.

"바쁘지는 않지만 저녁밥까지는…."

장녀 주예선 말이다.

"저녁을 같이하자고 부른 건 아니지만 같이 저녁을 먹는 것도 의미가 있어서여. 그런데 주 선생은 고등부 교사로 섬기는 중이기도 해서 내가 누군지 잘 알겠지만 나는 하나님 말씀을 전하는 목사라 성도들의 평안을 지켜드리기도 해야 해서 맘속으로는 항상 바쁘다고 할까 그래요. 그러던 중에 주 선생이 준 쪽지를 받고 고민도 했어요. 그런데 하나님의 도우심과 이 일에 애를 써준 사모님과 이렇게까지 와준 자녀분들 간절함이 잘 되어 아버지의 재혼이 이루어지게 된 것으로 나는 믿고 싶어요. 그렇지만 그것으로 다가 아니라는 생각이라 이렇게 부른 거요. 그런 점 이해하고 들어주면 해요."

"아, 예."

목사님 말씀이 너무 길면 동생들이 싫어할지도 모르는데, 주예선은 그런 표정으로 동생들을 본다.

"참, 그리고 주 선생은 삼 남매이지요?"

"예. 그런데 이 애는 고3이고 막내는 중3이어요."

"그렇구먼. 아이고… 엄마가 절실한 시기인데 말하기도 어렵다. 아무튼 동생들은 새엄마를 맞이할 준비는 돼 있을까요?"

"잘 모르겠습니다." 주예선 동생 주예인 대답이다.

"그러면 또 막내는?"

"저도 잘 모르겠습니다."

"그래, 잘 모르겠지. 세상을 그만큼 살아본 목사님도 잘 모르겠는데. 학생들이 어떻게 알겠어. 묻는 내가 잘못이지. 아무튼 동생들도 엄마가 없는 상황을 극복해야만 할 게 아니야. 엄마가 없는 상황을 극복하려면 그동안 없던 각오도 필요한데 새엄마를 친엄마처럼 모시려는 생각이 필요할 거라는 거야. 그러니까 새엄마도 자신을 위하자는 재혼인 거지, 학생들을 위해 재혼하는 게 아닐 거라는 생각이야. 물론 그러냐고 새엄마에게 물어보지는 않았으나 새엄마에게도 두 딸이 있다는 말을 들어서야. 들은 말에 의하면 새엄마도 재혼하지 않고 두 딸과만 살아가려고 했는데 두 딸도 그렇지만 주변 사람들도 재혼하지 않으면 안 될 만큼일 거야. 물론 짐작이기는 해도 말이야. 말이 나온 김에 잔소리를 더 하면 새엄마는 자식들만 쳐다보며 살아가기는… 그러니까 맘에 품은 속말을 할 수도 있는 아버지가 필요할 거야. 학생들은 무슨 말인지 알겠지?"

"아, 예."

"그래선데 아버지가 새엄마를 받아들이는 게 자식인 학생들도 합당하게 여길지야."

"아, 예."

아버지야 그러시겠지요. 그러나 얘기가 너무 길면 안 되는데…. 오늘날의 시험문제가 그렇듯 맞으면 맞다 틀리면 틀리다, 단문단답인 객관식처럼 되어야 할 건데… 주예선 삼 남매는 그런 생각인지 서로를 본다.

"엉뚱하다 할지 몰라도 동생들에게 묻겠는데 목사님 직업이 무엇인지 동생들은 알까?"

"목사님이시지요." 주예선 동생 주예인 대답이다.

"그래, 목사님이지. 목사란 잔소리꾼일 수도 있어. 그래도 잔소리한다는 말은 누구도 안 해. 왜 그럴까는 말할 것도 없이 하나님의 말씀을 전하기 때문일 거야. 그렇지만 오늘은 하나님 말씀을 전하는 말이 아니라 잔소리가 될지도 몰라. 아버지는 전혀 예상치 못하게 홀로되고 마셨잖아. 홀로되는 것이 얼마나 쓸쓸하고 외롭고 두렵고 힘든지 당해보지 않은 사람은 아마 모를 거야. 어려움을 당한 분들 얘기는, 내 방이지만 방문을 열 수가 없다는 거야. 그러니까 자식들이 보는 앞에서도 말이야. 그러기에 재혼이 필요해서 학생들은 새엄마를 만나게 되겠으나 자식으로서는 그것으로 다가 아니실 거야. 아버지로서는 새엄마에게 잘하긴 하겠지만 새엄마가 너무도 좋아 친엄마를 잊으셨을까? 너무 좋아하신다 그럴까 봐 자유롭지 못하다는 말도 들어. 학생들은 무슨 말인지 알겠지요?"

"아, 예."

"그래서 말인데 내 생각으로는 경제적 형편이 여유로워야 하겠지만 서로 불편하지 않게 새엄마와 따로 사시게 하는 거요. 주 선생은 그럴 수 있을까요?"

"아버지가 새엄마와 따로 사시게요?"

"따로 사시게 해야 서로 불편하지 않을 것 같아서 하는 말이요."

"그런 문제는 일단 아버지 재혼을 해드리고 나서 생각해보겠습니다."

아버지가 새엄마와 따로 사시는 문제까지는 생각 못 했는데 목사님은 하신다. 그래, 아버지 재혼은 생각처럼 간단한 문제가 아니기는 하다. 아버지도 재혼은 너무도 어렵다고 하셨기 때문이다.

"따로 사시게는 다름이 아니라 서로 부딪칠 일이 없게 하라는 거요. 무슨 말인지 알겠어요?" 이번엔 이순성 목사님 아내 말이다.

"아, 예."

사모님 말씀은 지당한 말씀이다. 이런 문제에 있어 친구들에게 들은 얘기이지만 친부모라도 때로는 아니라는 것 같아서다.

"동생들도 무슨 말인지 알겠지요?" 이순성 목사님 말씀이다.

"예, 알겠습니다."

네가 알기는 무얼 알아, 그냥 대답이지. 큰언니 주예선은 그런 눈으로 동생들을 본다.

"그러면 됐고, 여보 밥상 준비됐을까요?"

"밥상 차려요?"

"시간이 좀 이르기는 하나 준비됐으면 먹읍시다."

"알았어요. 이럴 줄 미리 알았으면 시장에 갔다 오는 건데. 있는 걸로 차렸으니 그런 줄 알고 맛있게나 먹어요." 밥상을 차려 온 이순성 목사님 아내 말이다.

"아닙니다. 감사합니다."

그래, 생각지도 못하게 차려주시는 사모님의 따뜻한 밥상이다. 그렇기는 하나 하늘나라로 떠나신 엄마 생각이 난다. 엄마가 차려주는 밥이 아닌, 내가 차려 먹기를 언제부터였던가. 엄마가 투병 중일 때부터다. 엄마가 계실 때는 고기는 없고 맨날 된장국이 나고 반찬 투정도 부렸었다.

　　"보니까 맛있는 밥상은 못 되나 우리 기도 한번 합시다."

　　"인간의 생사화복을 주관하시는 하나님 아버지, 오늘은 주동성 씨 재혼 문제로 자녀들과 한 상에 둘러앉았습니다. 이렇게 된 것은 어찌 보면 안타까운 일이기도 합니다. 그렇기는 엄마가 원치 않은 병마로 인해 세상을 떠나버리게 된 바람에 남의 엄마를 친엄마처럼 모셔야 할 사정이기 때문입니다. 하나님 아버지, 주예선 아버지가 새엄마를 맞이할 준비가 다 된 일이기는 하나 며칠 안 있으면 주예선 삼 남매는 새엄마를 맞이하게 될 겁니다. 그렇기는 해도 남의 엄마를 친엄마처럼 섬기기는 결코 쉬운 일이 못 될 겁니다. 그래서 바라는 생각이나 재혼하게 될 아버지는 물론이지만, 새엄마를 맞이해야 할 아들딸들에게도 잘 모시겠다는 용기를 주소서. 하나님 아버지, 주동성 씨 재혼에 있어 생각해보면 세상에 누구라고 이같이 어려운 일이 없으리라는 보장이 없겠지만 밥상을 같이한 아들딸들은 친엄마가 없다는데 많이도 힘들어합니다. 하나님 아버지, 저는 목사이기에 세상을 어느 정도 살아본 경험으로 나름 얘기는 했습니다. 그렇지만 그것은 어디까지나 참고사항일 뿐 더는 아닐 것입니다. 그렇더라도 힘든 부분을 극복하고 용감하게 살아가다 보면 행복한 웃음이 덤으로 다가올지도 모릅니다. 아무튼 주동성 씨 재혼으로 이 삼 남매에게 행복만 가득하게 해주소서. 예수님 이름으로 기도합니다."

이순성 목사는 그렇게 해서 주예선 삼 남매를 돌려보낸다. 그렇지만 주예선 삼 남매가 집에 돌아가 이순성 목사님이 해주신 말씀을 귀에 담았을 가능성은 반반이지 않겠는가. 그것은 주판을 튕기면서 살아갈 나이들도 못 되기 때문이다.

이번엔 앞서 말한 대로 새아버지를 맞이해야 할 표인숙 간호사 딸들 얘기다.

"그렇지 않아도 기다리고 있었는데, 어서 와요. 이쪽으로 앉아요."
이순성 목사님은 표인숙 간호사 딸들을 주동성 씨 자식들처럼 맞이한다.
"여보, 손님 왔어요."
"예 나가요." 이순성 목사님 아내는 나가요 하면서 곧 나온다.
"바쁠 텐데 오라고 한 게 아닌지 모르겠네?"
이순성 목사 아내는 그렇게 말하면서 미리 준비해두었는지 다과를 내온다.
"아니에요, 안 바빠요."
"학생들이기에 공부하는데 어디 안 바쁠 수가 있겠어, 바쁘겠지. 그런데 언니는 대학생?" 이순성 목사 말씀이다.

"대학생 아니에요. 고등학교 졸업반이에요."

"고등학교 졸업반이면 대학 갈 문제 때문에 많이도 바쁘겠다."

"아니에요."

"아니기는, 아무튼 학생들 아빠가 하늘나라로 떠나시게 된 사정은 잘 모르나 우선 위로부터 할게요."

"감사합니다."

목사님은 엄마가 말해서 알고 계시는지 몰라도 우리 아버지는 교통사고를 당하셨어요. 교통사고 당하신 것은 상대 차량으로부터가 아니라네요. 말을 들으면 보슬비 내리던 날 밤 졸음운전 때문이라네요. 물론 경찰 조사이기는 해요.

"학생들은 내가 누군지는 알까요?"

"목사님이시죠." 표인숙 간호사 맏딸 정기에 대답이다.

"그래. 목사님이지. 목사이기도 하지만 잔소리꾼일 수도 있어요."

"아, 예."

아니, 잔소리꾼일 수도 있다니, 그런 말씀까지 하시는 것은 무슨 말씀을 하시려는 걸까? 잔소리는 싫은데, 물론 듣는 척이라도 해야겠지만….

"학생들로서는 싫은 잔소리일 테지만 오늘은 어쩔 수 없이 하게 될 건데 여기서 싫다고 하지는 말아요."

"아니에요. 괜찮아요."

"괜찮다고는 했으나 어디 괜찮을 수가 있겠는가." 이번엔 이순성 목사님 아내 말이다.

"진짜 아니에요."

"그래, 잔소리가 뭔가 하면 한 번 한 소리를 되풀이한다, 그게 잔소리일 것이나 내가 말하고자 하는 잔소리란 그게 아니고 듣고 싶지 않은 말을 한다, 그런 말이여. 정기예 학생도 동생도 혹 그럴지 몰라서 하게 되는 말인데 그렇지는 않겠지?"

"아니에요."

"정기예 학생도 신앙생활을 한다는 말을 듣고 있는데 맞는 건가?"

"예, 고등부예요."

"그렇구먼. 여기서 신앙생활을 잘하느냐를 따져 묻는 게 아니라, 며칠 전에는 새아버지가 될 아들딸을 만나봤는데 그런 말을 해주고 싶어서요."

"아, 예."

목사님이 새아버지 쪽 자식들을 만나셨다면 무슨 말씀을 하셨을지 정기예 학생은 여간 궁금해하지 않은 표정이다.

"그러니까 이 자리에서여."

"아, 예."

"정기예 학생 자매는 알고 있는지는 몰라도 새아빠가 되실 분에게는 자녀들이 있는데 생활전선에 뛰어든 큰언니, 고등학교 졸업반인 여동생, 그리고 내년이면 고등학생이 될 남동생 이렇게 있어요."

"그건 저도 들어 알고 있어요."

"알고 있다니 구구한 말까지 할 필요는 없겠으나 내가 말하고자 하는 건 엄마와 새아빠의 만남만이 아니라는 거요."

"아, 예."

그렇겠지요. 엄마도 그런 문제 때문에 재혼을 고민했을 거요. 그런 문제에 있어 목사님은 짐작만이실지 몰라도 엄마가 너무도 쓸쓸해 보여 딸로서 보고만 있을 수 없어 재혼을 적극 권했어요. 그래서인지 다행이라고 해야 할지 새아빠를 만나게 된 거요. 일단은 거기까지예요.

"새아빠가 앞으로 두 자매에게 얼마나 잘해주실지는 두고 봐야겠지만 엄마가 재혼해서 행복하시길 자매는 바랄 건데, 그런 행복은 그냥 생길 수는 없을 것으로 두 자매에게 달려 있다고 나는 보는 거요. 물론 두 자매가 잘하리라 믿기는 하지만 말이오."

"목사님 말씀이 아니어도 저는 엄마에게 말했어요. 새아빠가 오시면 잘할 거라고요."

새아빠에게 잘할 거라는 말은 진짜다. 그런 얘기를 목사님 앞에서 다 말할 수는 없어도 그리도 신나시던 아빠가 느닷없는 교통사고로 인해 돌아가시고부터는 엄마는 요즘 말로 '멘붕'에 빠진 상태라고 해야 할까. 아무튼 부모와 자식 간 일상적 대화조차도 멈춰버린 상태. 일반적 대화조차도 멈춰버린 상태를 다 큰(내년이면 대학생) 자식이 보고만 있을 수 없어 방법을 찾게 된 게 지금 말한 엄마의 재가다. 아무튼 새아빠가 되실 분은 어떤 분인지까지는 모셔봐야 알겠지만 나는 새아빠에게 잘해드릴 각오다. 잘하라는 목사님 말씀이 아니어도 말이다.

"그래, 잘해야지." 이순성 목사님 아내 말이다.

"저는 잘할 각오입니다."

"잘한다는 것이 구체적으로 무엇인지까지는 몰라도 새아빠 가족을 보면 언니라고 해도 될 나이가 있어서요. 그래선데 상대편 언니에게 '언니!' 하고 다가가봐요. 그렇게만 하면 그것을 본 엄마는 맘이 놓이지 않겠어요. 새아빠도 마찬가지일 테지만 말이요. 내가 지금 무슨 말을 하고 있는지 정기예 학생은 알겠지요?"

"네, 알겠습니다."

"그래요, 그렇게 하는 것도 처음에야 어색하겠지만 용기를 한 번 내봐요. 그런 정도는 어렵지 않게 해낼 수 있을 것 같아서 하는 말이요."

"저는 그렇게 할 거요."

그런 문제는 목사님이 걱정 안 하셔도 될 겁니다. 저는 그렇게 할 거니까요. 그러니까 저쪽 재혼 가족이 저처럼은 아니겠지만 '언니!' 하고 다가가는데 누군들 싫다고 하겠어요. 상식적으로도요. 그렇기도 하지만 제게 언니가 생겨 더 좋을 수도 있을 거요. 정기예 학생은 그런 생각인지 표정이 처음보다 밝다.

"듣기로 그럴 각오가 있어서 엄마에게 재혼 얘기를 했을 것 같은데 그런가요?" 이순성 목사님 아내 말이다.

"예, 그랬어요."

"그래요. 지금은 학생이기도 해서 부모님의 도움을 필요로 하겠지만 얼마 안 가서 부모님을 모셔야 할 나이가 될 거요. 그렇지만 부모님을 모시기가 말처럼 쉽지 않을 거요. 듣는 말에 의하면 부모와 자식 간이지만 듣기에도 고약한 말까지 밖으로 튀어나오기도 한다는 것 같아서 하는 말이요. 정기예 학생은 그런 점을 참고로 양쪽 가정이 서로 의논도 하고 해서 모시면 해요."

"목사님은 그런 말씀까지는 안 하셔도 될 거요." 이순성 목사님 아내 말이다.

"괜찮아요." 정기예 말이다.

"그러면 저녁상 준비됐을까요? 준비됐으면 내 오시오."

"그러면 학생, 이리 와 나 좀 도와주어요."

그렇게는 이순성 목사 아내도 일류대학을 나온 여성으로서 정기예 학생의 맘을 편하게 해주려는 의도다.

"알겠습니다." 정기예 학생은 알겠습니다 하면서 곧바로 주방으로 간다.

밥상 차림이나 설거지가 여자들만의 전유물은 아니다. 남자들도 마찬가지로, 집에서 돼지 삼겹살 먹자고 부른 지인들에게 밥상을 애써 차려주기보다는 누구는 쌈장 그릇 들고 오고 누구는 상추를 씻고 누구는 삼겹살 굽고 누구는 상을 펴고 누구는 수저를 놓고 그렇게 해서 밥상이 차려진다면 초대받은 입장은 편한 밥상일 것이다. 그래서 만남의 감정은 또 만나고 싶을 것이다.

"목사님 말씀이지만 강의 같은 말 듣느라 배고프지?" 이순성 목사님 아내 말이다.

"아니에요."

"아니기는. 학생들 입맛은 숟가락 놓기가 바쁘게 배고플 때야. 나도 학생 때는 그랬으니까."

이순성 목사님 아내는 또 너스레까지다.

"아니, 밥은 집에 가서 먹을 건데, 감사합니다."

"학생이 올 거라는 말 듣고 시장도 좀 봤어. 그래서 맛이 어떨지 몰라도 주꾸미 매운탕을 한번 만들어봤는데 먹어봐. 물론 맛은 엄마가 만들어주시는 게 맛나겠지만."

이순성 목사 아내는 목회자 사택이라고 해서 너무 어렵게만 생각지 말라는 의도의 말이다.

"이게 주꾸미 매운탕인 거예요? 그런데 매울 것 같다." 이순성 목사님도 한마디 거든다.

"매운탕이란 본시 얼큰해야 맛있는 거요."

"그래요? 그러면 감사기도부터 합시다."

"하나님 아버지, 오늘은 새엄마를 맞이해야 할 주예선 삼 남매처럼 새아빠를 맞이하게 될 정기에 학생 자매에게 말해주고 싶었던 말을 잔소리처럼 했습니다. 그렇지만 생각처럼 새아빠를 맞이하기는 쉽지 않을 겁니다. 갑작스럽게 아빠라고 부르기에는 아저씨이기 때문입니다. 그런데다 맛있는 것 사다주면서 '얘들아, 많이 먹고 튼튼해라. 사랑한다.' 그런 눈으로 늘 바라봐주시곤 했던 아빠 생각 때문이에요. 하나님 아버지, 그렇기는 해도 정기에 학생 자매에게 이런 어려운 일이 어디 없겠습니까마는 사회가 잘 돌아가는 일을 해낸 어른들처럼 그 무엇도 해낼 수 있는 용기를 두 자매가 갖게 해주소서. 하나님 아버지, 아니게 된 일이라 생각하기도 싫지만, 가정의 대들보인 아버지가 세상을 떠나셨습니다. 아버지가 세상을 떠나시고 보니 엄마가 힘이 없게 보이기도 하고, 엄마가 새아빠를 만나도 다행으로 여겨지게 될지 아직은 생각 정리조차 잘 안되는 것 같습니다. 그렇지만 반갑게도 홀로된 엄마를 도우실 새아빠를 맞이하게 되었습니다. 이렇게 된 일을 정기에 학생 자매에게는 감사한 맘으로 받아들일 맘이 있나 봅니다. 잘한 일이고 고마운 일입니다. 하나님 아버지, 저는 목회자로서 정기에 학생 자매에게 말만 했을 뿐이지만 하나님을 사랑하는 자 곧 그 뜻대로 부르심을 입은 자들에게는 모든 것이 합력하여 선을 이루느니라 말씀이 정기에 학생 자매에게도 적용되게 해주소서. 그리고, 이 밥상으로 인해 더 건강하도록 해주소서. 예수님 이름으로 기도합니다."

'따르릉… 따르릉… 따르릉… 따르릉….'
"여보세요."
"송 목사, 나요."
"예, 목사님."
"송 목사는 오늘도 바쁜가 봐요?"

"아니요."

"아니면 다행이나 전화벨이 여러 번 울려서요."

"바쁘지는 않아도 심방을 해야 할 곳이 있어서 누구랑 갈 것인지 의논 중이라 그래서입니다."

"그래요, 축하해줄 가정 심방은 거의 없기는 하나 힘들어하는 가정은 아니겠지요?"

"목사님, 그런데 우리 교회 새 신잔데 친정어머니가 위독하시다 해서 세상 떠나시기 전 기도나 한번 해주면 좋겠다고 한답니다. 그래서요."

"그렇다면 운명 직전이라는 거네요?"

"심방을 해봐야 알겠지만 아마 그런 것 같습니다."

"그렇군요. 그러면 심방 후 시간은 어때요?"

"계획된 시간은 없습니다만…."

"그러면 심방이 끝나는 대로 교회 사무실로 좀 오시오."

"알겠습니다, 목사님."

어느 교회든 마찬가지일 테지만 부목사직은 특별한 일 말고는 담임목사 사역을 돕는 일이며 그것이 부목사가 할 일이기도 하다. 그렇기는 하나 담임목사 사무실로 오라는 말씀은 무슨 일일까?

심방을 마친 송정관 부목사는 가겠다고 약속한 대로 담임목사 집무실로 간다.

"어서 와요. 심방은 잘 마쳤어요?"

"예, 잘 마쳤습니다. 마치기는 했으나 세상을 떠나시기 전 예배라 맘은 그리 편치 못했습니다."

"아니, 맘이 편치 못했다는 말은 무슨 말이요?"

"구십이 다 되신 여자분이기는 해도 젊어서 세상을 떠나신 어머니가 생각나서요."

"그래요? 처음 듣는 처음인데 젊어서라면…?"

"어머니는 사십도 못 되게 소천하셨어요. 그래서요."

송정관 목사 어머니가 나이 사십도 못 되게 소천하기는 한참 바쁜 농번기 때 일하시다 집에 돌아오시던 길에서 뺑소니 차에 그만 소천하시게 되신 것이다.

"그러면 송 목사 학생일 때겠네요?"

"그렇습니다. 제가 고등학교 3학년일 땐데 뺑소니 차에 소천하시고 말았습니다."

"아이고… 그러셨군요."

"그래서 생각을 안 하려고 해도 생각이 나요."

"그런 얘기 그만합시다."

뺑소니 차 사고가 아니어도 젊은 어머니의 죽음은 하늘이 무너지는 일이다. 본인 형이 말해주어 알게 된 얘기지만 아버지가 오토바이 사고로 세상을 떠나고 말았는데 그것을 두고 막내아들은 어쩔 줄을 몰라 했단다. 아들 선호 시대에서 막내아들에게 쏟은 정은 너무도 커서 막내아들은 아버지만 졸졸 따라다니기도 했는데 말이다. 그러면 송정관 목사도 비슷한 일을 겪지 않았을까. 고등학교 3학년 때라니 말이다. 이젠 소용없는 일이지만 담임목사로서 위로해주고 싶다.

"그런데 제게 하실 말씀이…."

"할 말이라기보다 부탁할 일이 좀 있어요."

"제게 부탁하실 말씀이요?"

담임목사님 말씀을 들어봐야겠지만 내게 부탁할 일이 있으시다?

"부탁이라는 게 다름이 아니고, 나 말이요, 담임목사이기는 해도 재혼 주례를 서 본 일이 없어서 그런데 송 목사는 혹시 주례를 서본 경험 있어요?"

"아니요, 재혼 주례 말도 듣지 못했어요."

"그래서 말인데 신혼 결혼식처럼은 안 되겠지만 생각지도 못한 재혼식이라 걱정이 되어서 송 목사를 보자고 한 거요."

"그러면요…?"

"그래요, 대충 얼버무려도 뭐라 말할 사람 누구도 없겠지만 그래도 웃기는 개그처럼 해서는 안 될 테니 송 목사가 연구라도 한 번 해보면 해요."

"제가요?"

"그래요. 연구라도요."

"어려울 것 같은데요."

송정관 목사는 머리까지 긁적거린다.

"그래요, 재혼 주례를 안 서본 송 목사에게 부탁은 아닐 것이나 재혼 이름을 내가 지어주기로 해서요."

"아이고…"

그렇다. 목회자는 주례를 서야만 할 때가 있을 것 같아 눈여겨
보기도 했다. 그렇지만 재혼 주례는 생각지도 못한 일이 아닌가.

"일단은 생각이나 한번 해보시오."

"알겠습니다."

"내가 해야 할 일을 송 목사에게 시키는 것 같아 미안해요."

"아니에요. 그런데 목사님, 며칠 전 식당에서 아가씨 말씀을 하
셨는데 누구예요?"

"그게 궁금해요?"

"목사님이 그렇게 말씀을 하셔서요."

"그러면 소개할 사람이 있다는 건가요?"

"식당에서 제가 얘기를 했는지 기억은 없으나 고향 친구 동생
이 있어요."

"그러면 말을 할게요. 고등부 교사 주예선이요."

"오우, 주 선생은 똑똑도 하지만 엄청 예뻐서 안 되겠습니다. 없
었던 일로 하겠습니다."

"왜요?"

"직장은 기아자동차 정규직에다, 5남 중 막내겠다, 성격 또한
좋겠다, 가정 분위기도 좋겠다 다 좋은데 남자로서 키가 좀 작아
서요."

"키가 작으면 얼마나 작은데요."

"160센티 조금 넘을까 그래서요."

"170센티 신붓감 눈높이는 남자 키가 170센티 미만이어서는 작다고 하겠지만 포기까지는 아닌 것 같네요."

시대가 바뀐 현대에서야 아니지만 결혼 소개는 여자들만 하게 되어 있는 걸까? 전날을 생각해보면 중신 할머니는 있었어도 중신 할아버지는 없었던 것을 보면 말이다.

"그렇기는 해도요."

"그런 얘기는 다음에 하기로 하고 내가 부탁한 거나 연구해봐요."

"알겠습니다."

송정관 부목사는 그렇게 해서 한 번도 안 해본 재혼 예식 순서지를 만든다. 그것을 본 아내가 지금 뭐 하는 거냐고 물어 재혼 예식 순서지 만든다고 했더니 누구 재혼이냐고 다시 물어, 홀로 되신 주예선 아버지라면서 재혼 예식 순서지를 나름 만들어 아내에게 보여준다.

"괜찮다. 당신 재주꾼이다."

"아니, 목사에게 재주꾼이라니, 누가 들을까 싶다."

"그러면 재주꾼 말 취소요."

"취소 말까지는 안 해도 돼요. 듣는 사람 누구도 없는데."

"목사님 말씀대로 만들기는 했으나 아무래도 아닌 것 같습니다."

송정관 부목사는 주동성 씨와 표인숙 간호사의 재혼 순서지를 이순성 담임목사에게 내밀면서 말한다.

"그래요, 수고했어요. 음… 괜찮은 것 같은데. 그렇지만 주례사는 안 해도 되겠지요?"

"그렇지요. 재혼식인데 주례사까지 필요하겠어요."

"그렇기는 하네요."

"재혼식이기에 하객도 없이 가족끼리뿐인데요."

"그런데 한 가지 궁금한 건 순서지 내용상 꽃다발 증정인데 신랑에게는 새엄마 딸이, 신부에게는 새아빠 막내아들이 한다고 되어 있는데 그럴 만한 이유가 있어서요?"

"이유라기보다 본성인지는 몰라도 엄마들은 딸보다는 막내아들을 더 좋아할 것 같아서요."

"그렇겠네요. 일리가 있네요."

"신랑에게는 여자 화동이, 신부에게는 남자 화동이면 어떨까 생각도 해봤는데 그렇게는 아무래도 아닌 것 같아서입니다."

"신랑에게는 여자 화동이, 신부에게는 남자 화동…? 그래요, 신혼이라면 그게 맞겠지만 일단은 순서지대로 합시다. 그러면 사회는 송 목사가 진행하고요."

"사회까지요?"

"가족끼리 재혼식이지만 너무 간단해서는 너무도 쓸쓸할 것 같아서요."

"예, 알겠습니다. 그리고 성경 말씀은 목사님이 준비하신 것 같아 공란으로 두었습니다."

"그래요? 그러면 송 목사가 생각한 성경 말씀이 있다면요?"

"성경 말씀 생각해보기는 했는데 맞을지 모르겠습니다."

"성경 말씀 어디요?"

"로마서 8장 28절입니다."

"그래요?"

"예."

"우리가 알거니와 하나님을 사랑하는 자 곧 그의 뜻대로 부르심을 입은 자들에게는 모든 것이 합력하여 선을 이루느니라. 거기까지는 생각했는데 송 목사도 같은 생각이라니 다행이네요. 그렇게 합시다."

"수정할 대목이 있는지 살펴보십시오. 유인물을 만들어 결혼 당사자에게 주면서 설명도 해야 해서요."

"수정은 아니요, 이만하면 충분해요. 이걸 만들기까지 수고를 했는데 그렇게 보면 송 목사는 청와대 의전비서관을 해도 되겠다."

"청와대 의전비서관이요? 아이고…."

드디어 주동성과 표인숙의 재혼 날짜가 다가왔고, 고급까지는 못 되나 식당을 통째로 빌렸고, 교회에서는 원로장로님과 시무장로님 두 명, 은퇴 권사 3명, 샘물같은교회 담임목사 부부, 지역을 맡아 보는 부목사 부부, 양가 아들딸들, 형제들 그렇게 해서 사십여 명으로 재혼 예식을 갖는다.

"더 오실 분이 안 계시면 예식을 시작하겠습니다. 그리고 재혼이지만 다른 좋은 말이 없을 것 같아 신랑 신부로 하겠으니 양해 바라고 신랑 신부는 앞으로 나오십시오."

사회를 맡은 송정관 목사 말에 따라 표인숙은 바라보는 쪽 왼쪽에, 주동성은 오른쪽에 마주 보고 서게 된다.

"그러면 먼저 사도신경을 낭독하겠습니다."

"전능하사 천지를 만드신 하나님 아버지를 내가 믿사오며, 그 외아들 우리 주 예수 그리스도를 믿사오니, 이는 성령으로 잉태하사 동정녀 마리아에게 나시고 본디오 빌라도에게 고난을 받으사 십자가에 못 박혀 죽으시고 장사한 지 사흘 만에 죽은 자 가운데서 다시 살아나시며, 하늘에 오르사 전능하신 하나님 우편에 앉아 계시다가, 저리로서 산 자와 죽은 자를 심판하러 오시리라. 성령을 믿사오며, 거룩한 공회와, 성도가 서로 교통하는 것과, 죄를 사하여주시는 것과, 몸이 다시 사는 것과 영원히 사는 것을 믿사옵나이다. 아멘."

"찬송은 555장입니다."

"우리 주님 모신 가정 복되고 복된 가정 괴로우나 즐거우나 주를 위해 살아가리. 온 식구가 모여 앉아 즐거웁게 찬송하니 지금까지 지내온 것 주의 크신 은혜로다. 주의 자녀 모여 앉아 주께 기도 드리오니 가족들의 건강함과 화목함을 주옵소서. 슬플 때에

위로함과 괴로울 때 평안함을 험한 세상 살아갈 때 환난에서 구하소서. 주를 사모하는 가정 변치 않게 하시옵고 이 가정에 주의 은혜 넘쳐나게 하옵소서. 사시사철 주의 사랑 강물같이 흘러넘쳐 따뜻하고 평화로운 보금자리 주옵소서."

"그러면 순서로 김희택 원로장로님께서 기도해주시겠습니다." 사회를 맡은 부목사 송정관 목사 말이다.

"영광 받으시기에 합당하신 여호와 하나님, 오늘은 주동성 씨와 표인숙 씨가 양가 가족들이 보는 앞에서 샘물같은교회 이순성 담임목사님을 모시고 새 가정을 이루는 예식절차를 밟습니다. 이런 성스러운 자리에서 나이를 먹은 선배기는 하나 복 많이 받으라는 말밖에 더 해줄 말이 없을 것 같습니다. 그렇지만 새로 출발하는 부부에게 한없는 축복을 누리게 하여주소서. 오늘 일에 있어 생각해보면 삶이 바라는 대로만이면 얼마나 좋겠습니까마는 오늘의 사회는 꼭 그렇지만 않은 것 같습니다. 그렇기는 해도 하나님의 도움이면 안 될 일이 없을 줄 압니다. 그래서 남편 주동성 씨와 아내 표인숙 씨에게 어렵지 않은 삶이 되게 하여주소서. 하나님 아버지, 이런 예식으로 인해 양가 아들딸들이 웃고, 친인척이 웃고, 사회가 웃는 그런 일이 되게 하여주소서. 그리고 이 예식에 주례를 맡아주신 샘물같은교회 이순성 담임목사님에게도, 이 결혼식을 지켜봐주시는 친인척분들에게도, 결혼식이 원만하게 진행되게 해주시는 목사님에게도 하나님의 은혜 충만하게 내려주소서. 예수님 이름으로 기도합니다."

"예, 기도 감사합니다. 다음 순서로는 이순성 목사님께서 주례사를 해주시겠습니다." 재혼 예식 진행을 맡은 송정관 목사 말이다.

"부목사님은 주례사라고 하셨으나 재혼이기에 그냥 말씀으로 하겠습니다. 말씀을 드리기 전에 성경 말씀 로마서 8장 28절부터 읽겠습니다. '우리가 알거니와 하나님을 사랑하는 자 곧 그 뜻대로 부르심을 입은 자들에게는 모든 것이 합력하여 선을 이루느니라.' 이 말씀에 순종하는 맘으로 주동성 씨와 표인숙씨는 먼저 맞절부터 시작하겠습니다. 맞절입니다."

주동성 씨와 표인숙 씨는 주례 목사님 말씀에 따라 맞절을 공손히도 한다.

"예, 잘하셨습니다."

"그러면 예식 순서대로 주동성 씨와 표인숙 씨는 성혼이 됐음을 목사님께서 공포하시겠습니다."

"예, 예식 순서지대로 주동성 씨와 표인숙 씨는 이제부터 부부가 됐음을 하나님 앞과 양가와 자리를 해주신 장로님, 그리고 권사님들 앞에 공포합니다."

이순성 담임목사는 그리고 나서 원고도 없이 말을 시작한다.

"조금 전 봉독한 로마서 8장 28절 말씀 우리가 알거니와 하나님을 사랑하는 자 곧 그 뜻대로 부르심을 입은 자들에게는 모든 것이 합력하여 선을 이루느니라 하셨으니 이 성경 말씀에다 부연 말씀까지는 필요 없을 것 같고, 굳이 말을 해야 한다면 저는 목회를 사십여 년을 하고는 있지만 이렇게까지는 생각지도 못한 처음입니다. 그런 점에서 이렇게 되기까지의 사정을 조금만 말씀드린다면 아버지 쪽인 맏딸이 새엄마를 만났으면 좋겠다는 말을 제게 전해왔고, 이 재혼식을 위해 몇 분의 도움이 있었고, 이렇게 아름다운 자리를 갖게 된 것입니다. 그래서 오늘을 도와주신 분들에게 감사하고 재혼을 어렵지 않게 받아들인 두 분에게 축하 말씀을 드립니다. 그리고 받으신 유인물대로 예식을 진행하겠는데 보시는 대로 예식이라기보다 주동성 씨와 표인숙 씨는 오늘부터 부부로 살아가게 됐다는 이름만 짓는 것으로 하겠습니다. 그런 점에서 한 말씀 더 드린다면 두 분은 자녀까지 둔 재혼이시기에 전 배우자에게 미안하다는 생각은 하지 마십시오. 그것은 새 삶의 출발이기 때문입니다. 새 삶의 출발은 말할 필요도 없이 과거를 지우개로 지우는 것입니다. 간단하나마 재혼식 주례사는 이것으로 마칩니다. 두 분 복 많이 받으십시오. 감사합니다."

"그러면 순서지대로 축하 꽃다발을 증정해드리는 순서를 갖겠는데 먼저 신부 측 따님께서 아버지에게 꽃다발을 증정해드리는 순서로 진행하겠습니다. 나오십시오." 사회자 송정관 말이다.

표인숙 씨 딸 정기예가 주는 꽃다발을 주동성 씨는 고개까지

숙여 받는다.

"잘하셨습니다. 그러면 이번엔 신랑 측 아드님이 어머니에게 꽃다발을 증정하겠습니다."

주동성 씨 막내아들 주성길이가 주는 꽃다발을 표인숙 씨는 받으면서 덩치가 큰 중학생이기는 하나 꼭 껴안는다. 그것도 한참을…

그래, 너는 엄마가 절대 필요한 나이에서 네 친엄마가 그렇게 떠나고 말았으니 그동안 얼마나 힘들었겠냐. 그래서든 이 시간부터는 네 친엄마처럼은 아니어도 나 네 엄마가 되어 줄 테다. 대신에 새엄마라는 티만은 내지 마라. 물론 그런 티를 내지 않게 하는 새엄마가 되어야겠지만 말이다. 표인숙은 그런 생각을 했을 터다. 물론 꽃다발을 받으면서…

아무튼 엄마라는 존재는 말할 것도 없이 구조적으로도 따뜻함으로 뭉쳐져 있지 않겠는가. 여담이지만 '도널드 네친구들이 괴롭혔다면 억울하겠지만 내일은 괜찮아지리라는 생각을 가져라.' 영화배우에서 미국 대통령까지 지낸 도널드 레이건 자서전에서 말한 어머니의 얘기지만 이게 엄마가 감당해야 할 일이지 않겠는가. 그런 점에서 상대보다 더 뒤처져서는 안 된다는 경쟁사회기는 하나 자식에게 있어 엄마에게 필요한 소유물처럼 여기지는 말아야 할 것이다. 그래서인지 공부를 잘하게 만들어서 효도하는 자식은 없다. 그것을 엄마들이 몰라서는 안 될 게다.

그러니까 늙어 병이라도 나면 머리가 아프다는 말도 듣게 되는데 당신의 어머니가 그렇게 만든 거니 자식인 당신만이라도 참인간으로 되돌려보시라 말해주고 싶기도 하다. 더 말하면 효는 엄마가 아빠를 모시는 모습에서다. 그러니까 바보 엄마에게서는 큰자식이 만들어져도 똑똑한 엄마에게서는 불효자식이 나온다는 것이다.

"그러면 목사님 축도로 재혼식을 마치겠습니다."

"이제는 우리 주 예수 그리스도의 은혜와 하나님의 크신 사랑과 성령님의 감화 감동하심이 오늘 이 시간부터 정식 부부가 되신 주동성 씨와 표인숙 님과 그리고 양가 가족들, 축하 자리를 해주신 분들 머리 위에 지금으로부터 영원이기를 예수님 이름으로 축원합니다."

"예, 이것으로 오늘 재혼식을 모두 마치겠습니다." 재혼식 사회를 맡은 송정관 목사 말이다.

샘물같은교회 이순성 목사는 그렇게 해서 생각지도 못한 일을 처리했지만 새 가정을 이루게 된 주동성 씨와 표인숙 간호사는 그것으로 다가 아니다. 그러니까 자식들과도 함께 살아가야 할지가 문제다.

　재혼이기는 해도 사회 통념상 남편에게 합치는 것이 옳을 것이나 가정 형편상 양쪽 자식들이다. 그러기에 자식들 생각을 반영하지 않을 수 없다는 게 두 사람의 고민이라면 고민이다. 사정상이나 재혼식으로 해서 부부가 되었으니 다음 단계인 실질적 부부행위로 들어간다. 그러니까 그동안 홀아비였고 과부였다는 붉은 글씨를 지우기 위한 노력 말이다. 물론 그렇게는 집이 아니라 불륜들이 사용하라고 지어놓은 모텔이지만 그렇다. 아무튼 그렇게 해서 아내 표인숙 간호사는 남편 주동성 씨 집으로 따라간다. 물론 애들은 따로 만나고 있음을 알고 나서지만….

　"제 집은 이래요."

　주동성 씨는 흔한 아파트도 아니고, 빌라 집이라 미안하다는 투의 말솜씨로 하는 말이다.

　"무슨 말이에요. 좋기만 한데요. 그런데도 우리는 이렇게 좋은 방 놔두고 돈을 쓰면서까지 모텔을 이용했네요."

　"그렇기는 해도 신방 치르기는 모텔이 더 활발치 않겠어요. 그러니까 애들이 없다면 또 모를까."

　"활발까지는 잘 모르겠지만 주 선생님은 너무도 행복해하시던데 그동안 어떻게 참고 살았어요?"

　"아이고…."

　"아이고는 무슨 아이고요. 사실을 말한 건데요."

"아무튼 고마워요."

"저도 고마워요. 그런데 침대가 둘인데 이쪽 침대는 아들 침대지요?"

"그렇지요, 제 막내아들 침대에요. 침대가 둘인 건 제가 말 안 해도 짐작은 하시겠지만 이렇게까지는 제 큰딸이 만들어준 겁니다. 그러니까 홀로된 아빠 처지를 위해서지요. 그래서 저는 막내아들이 보디가드인 셈이어요."

"그렇군요. 지금까지는 그랬어도 이제부터는 제가 주 선생님 보디가드가 될 거예요."

"아니어요. 제가 표 간호사님 보디가드가 돼야지요."

"그러면 주 선생님은 저의 보디가드, 저는 주 선생님 보디가드, 재밌네요. 아무튼 우리는 그렇게 살아갑시다."

"그럽시다."

이게 부부인 것도 모르고 그동안은 엉터리로 살았네요. 남편 주동성 씨는 그런 생각인지 아내 표인숙 간호사를 바라본다. 물론 표인숙 간호사도 사랑의 눈으로 바라보지만 말이다. 둘이는 그동안 부부가 되기까지는 누가 뭐래도 하나님의 은총일 것이고, 양가 딸들과 이순성 목사 부부가 만들어준 것이다. 그게 없다면 사회는 남녀가 만나는, 그러니까 덕스럽지 못한 불륜이라 하지 않겠나. 그러기에 결혼식이, 재혼식이라는 게 있을 테지만 말이다. 아무튼 주동성 씨와 표인숙 간호사는 전혀 새로운 삶을 살아갈 것이다. 어쨌든 나아가는 길이 선한 길이기만을 응원한다.

"그런데 저거는 주 선생님 아내 분 화장댄가요?"

표인숙은 주동성 씨 큰딸 방에까지 내다보면서다.

"그래요. 그런데 이젠 딸 화장대가 됐네요."

"그렇군요. 따님은 예쁜데다 알뜰하기까지 하다. 다른 애들 같으면 버리자고 했을지도 모르는데."

"알뜰하기는 어려서부터인 것 같아요."

"알뜰한 건 엄마 닮아서겠지요."

"그런가는 몰라도 이렇게 오신 김에 우리 애들 앨범도 한번 보실래요?"

남편 주동성 씨는 표인숙 간호사에게 딸 자랑도 하고 싶어 그렇겠지만 가족사진첩을 꺼내면서 말한다.

"이게 누구야, 예선이 아니야. 넓은 허리띠로 졸라맨 팔이 없는 원피스. 본인 말고는 누구도 못 봤을 젖무덤만 살짝 가린 차림, 여성으로서 최상의 몸매. 어디서부터 흐를까 맑게만 흐르는 한강물, 그냥 흐르기는 아닌 것 같다는 듯 조금은 출렁이게 하는 바람, 그런 바람 앞에 긴 머리와 하늘색 머플러, 금방 떨어질 수 없는 동굴 속 물방울 같은 귀걸이, 만져볼 테면 맘 놓고 만져보라는 풍만한 젖가슴, 남성들 간도 녹일 하얀 피부의 미소, 그런 미소 앞에 가지런한 치아, 아치형 성산대교 난간에서의 자태, 높은 구름 몇 점 떠 있는 서해 앞바다 쪽을 배경으로 한 사진. 그런데 이 사진은 최근에 찍은 사진이겠지요?"

"최근은 아닐 거요. 작년 사진일 거요. 그러니까 친구들과 어울려 놀러 간다더니, 아무튼 그 사진인 것 같네요."

"이 사진 말고 또 있지요?" 표인숙 간호사는 주예선 사진을 챙기려 하면서 말한다.

"또 있기는 한데 사진은 뭐 하시려고요?"

"뭐하게가 아니라 예선이가 너무도 예쁜 사진이잖아요. 주 선생님은 남자라 예쁜 게 좋아 보이시겠지만 저도 마찬가지로 예쁜 게 좋아요."

"그렇기는 해도 지금 말한 내용은 아닌 것 같은데요."

"아니고 기고는 나중에 알게 되실 테니 그리만 아세요."

"아이고, 이 사진 표 간호사님이 가져간 걸 우리 애가 알면 펄쩍 뛸 건데 야단이네."

그래요. 우리가 재혼식도 마쳤을 뿐만 아니라 비록 모텔에서기는 해도 행복한 시간도 가졌으니 우리는 떳떳한 부부기는 하지요. 그렇기는 해도 친엄마도 들어가기 조심스러운 딸 방까지 들어가는 건 말도 안 돼요. 그것도 그렇지만 사진까지 보여주는 건 너무 위험해요. 그런 위험이 없기를 바라지만 아차했다가는 부녀 간의 신뢰가 미움으로 바뀔 수도 있어서요. 주동성 씨는 표인숙 간호사의 행동에 그런 생각인지 탐탁지 못하다는 표정이다.

"그래서 살짝인 거요."

"그건 아무도 없을 때지요."

"그렇기는 해도 예선이 사진은 이미 내 손에 들어왔어요. 그러니 주 선생님은 다른 말 않기요."

"처음부터 집에 가자고 하지 말 걸 그랬네. 아무튼 그 사진 누구에게나 보여주어서는 안 돼요."

"알았어요. 그런데… 아니다."

"아니다가 뭐예요. 할 말 있으면 하세요. 우리의 얘기 들을 사람 누구도 없잖아요."

"그렇기는 해도 아니어요."

"저도 이 사진 너무도 예쁘다는 생각에 보게 되기는 해요. 그렇지만 모르는 사람에게는 아닌 줄 아세요."

"그러면 제가 모르는 사람이어요?"

표인숙 간호사는 주예선의 예쁜 사진에 정신까지 빼앗길 정도인지 전혀 엉뚱한 말까지 한다.

"그거야 아니지만…"

"아무튼 그냥 가지고만 있을 거요."

"그냥 가지고만 있겠다는 말 믿어도 돼요?"

"이 사진 없앨까 봐 염려까지는 안 하셔도 돼요."

"아니구먼, 표 간호사님 얼굴을 보니 어디다 써먹으려고 하는구먼."

"아니어요, 그냥 가지고만 있을 거요."

그래요, 말이야 가지고만 있겠다고 했으나 그럴 수는 없지요. 예선이 예쁜 사진을 봤는데 그동안 맘에 둔 방태신 의사에게 보여줄 거요. 그게 잘될지는 몰라도 방태신 의사와 연결만 된다면 세상에 더 없을 커플일 거고, 나는 방태신 의사 장모가 되는 거요. 표인숙 간호사는 그런 생각인지 빙긋 웃기까지 한다.

"모르겠다. 그냥 가지고만 있겠다는 말 믿어도 될지?"

"진짜예요. 믿어도 돼요."

"진짜고 가짜고 간에 표 간호사님은 나더러 아직도 주 선생님이라고 하시는 건 듣기가 좀 아니네요."

"그러면 주 선생님이 저더러 표 간호사님 하시는 건 어떻고요?"

"그런가요?"

주동성 씨가 말한 '그런가요?'는 재혼식까지이니 당장 여보 당신 해도 뭐라 말할 사람 없겠으나 그렇다고 여보 당신 호칭을 재혼식 날부터 하기는 어색하네요 그런 의미의 말일 게다.

"그래서 말인데 예, 존칭 말은 오늘까지만 하세요." 아내 표인숙 간호사 말이다.

"그러면 내일부터는 뭐라고 부르고요?"

"그거야 당연히 '여보' 그래야지요. 때에 따라서는 '야!' 그러기도 하고요."

그래서 말이지만 일상적 말까지 신중해서는 온전한 부부라 말할 수 있겠는가. 그래서 말이지만 부부의 정은 다툼에서 더 돈독해진다고 하지 않는가. 그렇다고 권장할 수는 없지만….

"그래도 되겠지만 저는 '표 간호사님!' 그렇게 부르고 싶네요."

"표 간호사님 같은 호칭은 병원에서나 써먹는 호칭이어요."

"알았어요. 그러면 여보라고 할게요."

"그러면 지금부터요."

"지금부터는 좀 그러네요."

"좀 그러다니요. 아무튼 그래서 생각인데 우리는 이제부터 새로운 삶을 살아가야 할 게 아니오."

"새로운 삶은 당연한데 무슨 말 하려고요?"

"그러니까 저의 집으로 합치기도 주 선생님 집으로 합치기도 어려울 게 아니오."

"그러면요…?"

"그러면이 아니라, 우리만 간단하게 살 집 따로 두자는 거지요. 그러니까 살림집이 아니라 잠만 잘 집 말이에요."

"그래야겠네요. 거기까지는 생각 못 했는데."

나는 바보같이 재혼만 생각했다. 창피도 하다. 그런 점에서 생각해보면 그동안의 삶도 돈만 벌어다 주는 삶을 살기는 했어도 말이다. 그래, 남자라면 어디 나만 그렇게 살았겠는가. 아무튼 앞으로 가정사 모든 문제는 아내에게 일임할 참이다. 이런 일에 있어 가정마다 살피지는 못했어도 가정 주권을 아내가 쥐게 한 가정마다 행복하게들 살아가는가 싶어서다.

"그래서 생각인데 집 마련은 주 선생님 집 근처였으면 해요."

"집 마련을 우리 집 근처에다가요?"

"그렇지요. 그것도 집 마련 비용은 반반으로 하고요."

"집 마련 비용도 반반으로요?"

"이런 생각은 갑작스럽게 하는 것이 아니라 주 선생님을 보자마자 든 생각이어요."

"저를 보자마자 그랬다니 듣기 좋은 말이지만, 놀랄 일인데요."

"주 선생님으로서야 놀라실지 몰라도 저는 처음부터요."

"처음부터면 저를 어떻게 보고요?"

"어떻게 보기는요. 우선 순하게 생기셨잖아요. 그러니까 제 말 잘 듣게 생기셨어요. 그렇기도 하지만 너무도 멋지잖아요."

"제가 멋지고 표 간호사님 말 잘 듣게 생겼다는 건 저를 잘못 보신 거요. 두고 보시면 알게 되겠지만 저 순하지 않아요, 고약해요."

"남자는 고약도 해야지 순해서만은 안 돼요. 그러니까 여자 말만 듣는 남편은 곤란하다는 거지요. 아무튼 우리의 만남 자체가 보통이 아닌 거요. 그렇지만 염려는 전혀 안 해도 돼요. 저는 주 선생님을 신나게 해드릴 테니까요."

신나게 해주겠다는 말 한번 해본 말이 아니다. 맘에 드는 남자라서다. 이건 창조주의 의지로 봐야 할지는 모르겠으나 여자는 멋진 남자 앞에서 넘어지기 쉽고, 남자는 예쁜 여자에게 반하게 되어 있다지 않은가. 어쨌든 이런 문제에 있어 심리학자들이 뭐라고 말할지는 모르겠지만 말이다.

"말 잘 듣게 생겼다는 말은 그렇다 쳐도 멋지다는 말은 부담스럽네요."

"무슨 부담이어요. 사실을 말했을 뿐인데요."

"사실을 말했을 뿐이라는 말 칭찬의 말로 듣기는 하겠으나 부담이네요."

"무슨 부담이어요. 믿지 못하실지 몰라도 저는 주 선생님이 다방에 들어서실 때부터 당장 내 남편감이다 그랬어요. 이제야 하는 말이지만."

"아니, 그렇게까지라면 표 간호사님은 저를 어떻게 보고요?"

"제가 누구요, 직업이 간호사이잖아요."

"간호사가 간호만이 아니라 사람 볼 줄도 안다고요? 그런 말은 처음 듣기도 하지만 어학사전에도 없을 말인 것 같은데요."

"그런 말은 좀 엉뚱한 말이기는 하나 제 경험에서 본 심리에요. 심리학자들에게는 결례일지 몰라도요. 그러니까 심리학자들은 책에서나 본 이론뿐이라고 말할 수 있어요."

"말을 듣고 보니 일리가 있는 말 같기는 하네요."

"말이 나온 김에 말을 더 한다면 간호사들은 주어진 업무만이 아니라 어떤 심리를 가진 환자인지까지도 보게 되는데 주 선생님도 그렇게 보인 거요."

"그니까 표 간호사님은 저를 보실 때 심리학적으로 봤다고요?"

"심리학적으로 봤다기보다 주 선생님이 저를 위해 나타나신 거요. 면전이라 민망해하실지 몰라도요."

"다른 사람은 몰라도 저는 아니어요. 그러니까 다혈질 말이요."

"그러면 주 선생님 체질이 다혈질 체질인지 체크 한번 해볼까요?"

"아니, 간호사가 다혈질 체질인지 알아보는 체크까지도요?"

"그래요."

"다혈질 체질인지 알아낸다는 건 놀랄 일이네요."

"놀랄 일도 아니어요. 얼굴에 쓰여 있으니까요. 그러니까 빛나는 눈 말이에요."

"표 간호사님이 보시는 제 눈이 순하게 보일지 몰라도 저는 아니어요. 고약해요."

"아무리 그러서도 저는 알아요. 사랑의 눈이어요."

"사랑의 눈으로 봐주시니 고마워요. 그리고, 이건 엉뚱한 말일지 몰라도 표 간호사님은 밝은 표정이 한눈에 확 들어와 손만이라도 한번 만져보고 싶었어요."

"제 손이 그렇게 보였으면 확 끌어안지, 그냥 있었어요? 저는 그래주길 기다렸는데요."

"그건 말도 안 되네요."

"말이 안 되기는요. 서로의 감정이 일치인데요."

"아이고…."

"아무튼 예쁜 손은 저만 아니요. 간호사들마다는 다 그래요."

"그건 나도 알아요. 그렇지만 우리는 만나야만 할 만남이잖아요." 표인숙 간호사 말이다.

"그렇기는 하지요."

"말이 나와 생각이나 남 앞에서는 저를 좋아하는 척은 마세요."

"그거야 상식이지요. 특히 애들 앞에서는요."

"그건 그렇고, 집 마련은 작은 집도 괜찮겠지요?" 표인숙 간호사 말이다.

"괜찮지요. 신혼부부는 방 하나짜리가 더 좋다고 하잖아요. 물론 남자들끼리 하는 우스갯소리이기는 해도요."

"우스갯소리라도 우리가 살 집을 마련할 때 그런 점도 참고로 합시다."

"그럽시다."

"그런데 집 마련 비용은 공동으로 합시다."

"그건 또 왜요?"

"생각을 해봤는데 집 마련 비용은 제가 다 마련해도 되겠지만 애들 생각은 아닐 수도 있어서요."

"그게 좋겠네요. 그건 그렇고 내가 표 간호사님 따님과 따로 만났으면 해요."

"만나서 무슨 말씀을 하시게요? 물론 주 선생님이 이젠 우리 애들의 아빠가 되셨으니 만나는 건 당연하겠지만 말이요."

"무슨 말을 하겠어요. 고맙다, 사랑한다 그런 말을 해야지요."

"단순 그런 말만인 거요?"

"그거야 덕담으로 해야겠지만 재혼이라는 이유로 엄마를 빼앗기게 되는데 엄마도 없이 자매끼리만 살아갈 수 있겠느냐고 묻기도 할 거요."

"그래요. 그런 문제도 있네요. 물론 내년이면 대학생이 될 큰애가 재혼에 대해 적극적이기는 했어도요."

"그래서 너희들이 좋다고만 하면 따로 살지 않을 거다, 그런 말도 할 거고요."

"우리 애들이 좋다고만 하면 주 선생님은 같이 사실 거예요?"

"그렇지요. 아빠 노릇도 하고요."

"그러면 나를 사랑한다는 거네요."

"그걸 말이라고 해요. 사랑 없이 만남이 있나요."

"고마워요. 나도 사랑해요."

표인숙 간호사는 주동성 씨 큰 손을 붙들면서 말한다.

"그런 얘기를 하자면 나도 그래요. '아빠는 사귀는 여자 아직도 없는 거야!' 우리 예선이가 그리 말했던 게 결과적으로는 선한 오늘이 됐지만 말이요."

"그런데 따님이 그리도 예쁜데 엄마도 그렇게 예뻤어요?"

"예쁘기는 했는데 표 간호사님보다는 덜 예뻤어요."

"저는 아니에요. 밉지만 않을 뿐이어요."

"밉지만 않다는 말은 너무 겸손이요."

"겸손이 아니어요."

"겸손이 아니기는요. 아무튼 표 간호사님을 만나게 된 건 우리 딸에게도 고맙지만, 특히 샘물같은교회 담임목사님 내외 분께 감사해요."

"저도 그래요. 여보 사랑해요." 표인숙 간호사 말이다.

"지금 뭐라고 했어요?"

"여보라고 했어요."

"여보라는 말 고마워요. 나도 여보예요." 주동성은 표인숙 간호사의 손을 붙들면서 말한다.

"감사해요, 그런데 우리의 재혼을 두고 애들은 어떻게 생각할까요?"

"어떻게 생각하다니요. 애들이 바라던 일인데요."

"그렇기는 해도요. 아무튼 우리 이대로만 살아갑시다."

"그럽시다. 늙지도 말고요."

"맛난 것도 못 되는데 잘들 먹어주어 고맙다."

아빠 주동성 씨와 새엄마 표인숙 간호사가 이제 부부로서 행복하게 살아가야 할 문제로 의논 중일 때 주동성 씨 장녀 주예선은 새엄마 쪽 자매까지 불러 밥을 먹고 나서 하는 말이다.

"아니에요. 맛나게 먹었어요. 언니 고마워요."

맛나게 먹은 건 사실이다. 그것도 있지만 고마운 언니를 만나게 됐기 때문이다.

"나도 고마운데 오늘은 우선 이런 정도의 만남으로만 하고 다음부터는 괜찮은 밥도 사 먹자. 그런데 너희들 학교는 제 나이대로 들어간 거지?"

"예, 제 나이대로 들어갔어요." 표인숙 간호사 맏딸 정기예 대답이다.

"그래서 말인데 나는 스물셋이고, 예인이는 고3으로 생일이 이월 육일이고, 성길이는 중3으로 사월 십칠일인데 기예는 언젤까?"

"저도 고3으로 팔월 십오일, 그러니까 해방 기념일이어요."

"그렇구먼. 그러면 또 기순이 너는?"

"저는 중3으로 구월 이십칠일이어요."

"내가 언니이기는 해도 생일까지 묻는 건 잘못일 수는 있어. 그렇지만 우리는 엄마 아빠 만남으로 인해 남이 아니라 이젠 자매인 거야. 기순이는 무슨 말인지 알겠지?"

"예, 언니."

"예라는 말은 고맙다만 어른에게 하듯 하는 건 아니야. 그냥 큰언니라고만 해. 그리고 내가 할 말은 각오라고 말해야 할지 몰라도 엄마 아빠는 이제부터 우리와 함께가 아니라 헤어진 삶을 살아가게 되실 거야. 물론 짐작이지만 말이야. 그래서 생각인데 나는 엄마 손이 아니어도 될 만큼이지만 기예 기순이는 성인이 된 나와는 다를 거잖아. 그래서 하는 말이나 너희들은 간단한 라면조차도 끓일 줄 모를 나이야. 그러니까 맛있게까지는 말이야."

"반찬 만드는 건 연습으로든 어렵지 않게 해낼 수 있겠지만 문제는 엄마가 없는 텅 빈 집이어요."

"텅 빈 집?"

"그러니까 엄마도 없이 어떻게 살아가게 될지 그게 걱정이에요. 처음에야 엄마에게 재혼하기를 권했고, 재혼이 생각대로 잘되기는 했으나 엄마가 재혼하고 보니 앞으로가 힘들 것 같아요, 언니."

표인숙 맏딸 정기예는 눈물까지 훔친다.

"기예 너 우는 거야? 그래, 엄마의 재혼이라는 이유로 헤어져 살아가야 할 건데 울 만도 하지. 그렇다고 엄마의 재혼을 없었던 일처럼 할 수는 없잖아. 그래서 말이지만 너나 나나 새로운 각오로 살아갈 방법을 찾아야 하지 않을까 싶다. 언니 생각으로는."

"그래요."

언니 말대로 엄마의 재혼을 없었던 일처럼 물릴 수도 없다면 새로운 각오로 살아갈 방법을 찾기는 해야지요. 그렇기는 해도 지금의 제 맘은 슬프기만 해요. 그것은 늘 밝게만 사시던 엄마가 졸지에 홀로되고부터는 일상적 대화조차 멈춰버렸어요. 재혼하신 아직까지도요. 처음에야 엄마가 아빠도 없이 과부로 사시는 게 너무도 처량하다 싶어 재혼을 권유했고 재혼이 바람대로 이루어진 거지만 말이에요. 아무튼 그래요. 이런 일에 언니는 말 안 해도 잘 알겠지만, 젖먹이 때부터 있었던 엄마의 자리가 텅 비어 있게 될 건데 잠이나 오겠어요. 눈물을 보인 건 그래서요.

"이건 엉뚱한 생각일지 모르겠다만 우리 아버지를 기예 네가 가져가면 어떨까?"

"아버지를 가져가요?"

"물건도 아닌 아버지를 가져가라는 말은 잘못한 말이기는 하다만 일단은 그렇다."

우리 아버지를 가져가라는 말을 하고 보니 생각이지만 나는 아빠에게 사과할 일이 있다. 그러니까 아빠가 집에 계시기라도 하면 솔직히 불편해서다. 자식으로서 말도 안 되게. 그동안은 그랬지만 이젠 새엄마가 생겨 해방감이 생겼기 때문이다. 다른 사람이 들으면 불효녀라고 말할지는 몰라도.

"언니가 말한 대로 아빠가 오시면 해요. 진짜예요."

"그러면 말이야. 엄마에게 말해봐라. 언니는 환영한다고 말이야. 그렇다고 우리 아빠가 싫어서는 결코 아니다."

"언니 말대로 하면 아빠는 그러겠다고 하실까요?"

"좋다고까지는 몰라도 싫다고는 안 하실 거야. 우리 아버지 눈치를 보니 엄마를 만난 걸 행운처럼 여기시는 것 같아서야."

"그러면 아빠에게도 말할까요?"

"그래라. 오늘 말한 내용을 엄마에게만 말해도 되겠지만 언니가 말하더라는 말도 덧붙이고 말이다."

"그렇게 해볼게요."

"그래서 말이지만 우리 아버지나 엄마나 내가 그래주길 바라실지도 모른다. 물론 짐작이기는 해도 말이다."

우리 아버지는 여자가 절대 필요한 홀아비이고, 네 엄마는 남자가 절대 필요한 과부라 새로 맺어진 부부로서 혹 같은 자식들 때문에 삶이 활발치 못해서는 안 될 거잖아. 그래서 하는 말이야. 주예선은 그런 생각일까. 새엄마 쪽 정기예를 한참 본다.

"언니, 고마워요."

"그러고 보니 우리는 성씨만 주씨, 정씨, 이럴 뿐이다."

"그러네요, 언니."

"그래서 생각인데 기예 너만 동의한다면 우리가 일주일에 한 번씩은 서로 만나 밥도 같이 먹으면 좋겠다. 그러니까 한번은 기예 너희 집에서 먹고, 한번은 우리 집에서 먹고 번갈아 가면서 말이다. 물론 엄마 아빠랑 일곱 식구가 모이는 그런 일 말이다."

"언니가 지금 한 말 엄마에게 그대로 말할게요."

"그러면 지금 한 말 동의한다는 거냐?"

"동의가 아니라 언니 말대로가 좋을 것 같아서요."

"이건 엉뚱한 말일지 몰라도 티격태격이 잦은 가정을 두고 한 지붕 아래 두 가정이라는 말도 있잖아. 그렇지만 우리가 모이는 가정 형태는 두 지붕 아래 한 가정인 게 되잖아."

"진짜예요. 언니. 고마워요."

"고맙기까지는 아니다. 아무튼 나도 아빠에게 말할 거다."

"엄마!"

표인숙 간호사 딸 정기예는 새아버지 쪽 주예선 언니가 말한 내용을 말하고 싶어서다.

"왜?"

"왜가 아니라 오늘은 아빠 쪽 언니랑 만나 밥도 먹었어."

"잘했다. 물론 네 아빠 쪽 언니가 만나자고 했겠지만. 아무튼 자주 만나면 좋겠다."

"엄마, 근데 아빠를 내가 모시면 안 될까?"

"네가 좋다면야 안 될 이유 없겠지만 아빠 쪽이 좋다고 해야 할 거잖아. 그런데 왜?"

"이런 말은 내가 아니라 아빠 쪽 언니가 말해서야."

"아니, 아빠 쪽 언니가 말해서라고…?"

"그러니까 언니가 한 말 그대로 말하면… 이래서야."

"그래? 듣기 좋은 말이다. 그러잖아도 그런 문제가 풀리지 않아 고민이었는데 말이다."

그런 고마운 생각이 어디서 나온 거냐. 재혼이기는 하나 양쪽에 애들이 있어서 어느 쪽으로든 함께할 수는 없다는 게 고민이었는데 예선이 너는 단번에 해결해주고 있구나. 물론 사실까지는 아직이지만 말이다. 아무튼 그래, 내가 예선이 너의 새엄마이기는 해도 친엄마처럼 할 거다. 누구도 생각 못 했을 예선이 네 기발한 생각 소문도 낼 거고 말이다. 예선아, 사랑한다. 주예선 너는 얼굴만 예쁜 게 아니다. 맘씨까지도 어쩌면 그리도 예쁘냐. 재혼은 했으나 생활할 집 문제로 고민했는데 예선이 네가 단숨에 해결하겠다니. 말만이라도 고맙다. 집은 잠만 자게 될 텐데 작은집으로 장만하되 집 장만 비용은 반반으로 하자고도 했는데 말이다. 그것도 예선이 너희 집 근처에 마련하자고까지 말이다. 말을 들으니 한번 해본 말이 아닌 것 같은데 우리 아이들과 합치면 얼마나 좋을까. 그동안 계획했던 집 마련 문제는 없었던 일로 하고 말이다.

"아빠!"

표인숙 간호사 딸 정기예는 새언니가 말한 내용을 알려드리기 위해 새아빠가 근무하는 회사 전화번호를 알아내 전화를 거니 마침 새아빠가 받아 아빠라고 한 것이다.

"아니, 누군데 아빠라고 할까?"

"아빠는 제 목소리도 모르세요. 저 정기예예요."

"아이고… 그렇구나. 아직 익숙하지 않은 목소리이기는 해도 기예 목소리도 몰라 미안해."

"아니에요. 그런데 나, 아빠 회사 정문 밖에서 전화 거는 건데 오늘은 아빠가 사주시는 밥 먹고 싶어요."

"그래, 알았다. 곧 나갈 테니 우선 앞에 보이는 맛나식당에 가 있어라."

"저 혼자는 아니어요. 동생이랑 왔어요."

"그래, 알았다."

새아빠 주동성 씨는 아빠라고 불러주는 것이 너무도 반가워 곧 나가려는데 고건식 과장이 제품생산 중간 보고를 하려는 건지 들어온다. 그것을 본 주동성 부장은 "우리 딸이 나오라고 해서 점심만 사주고 오겠지만 좀 늦을지도 모르니 고 과장은 그리 알고만 있어." "그러지 말고 퇴근을 하세요. 오늘은 토요일이잖아요." "오, 그렇구면." 하면서 곧바로 나가보니 의붓딸들은 맛나식당에 가 있는 게 아니라 나오기만을 기다리고 있지 않은가. 그래서 새아빠 주동성은 친딸은 아니지만 잃어버렸다가 찾은 딸처럼 끌어안으려다 만다. 그러는 것을 의붓딸들도 반가워하고 말이다.

"그래, 잘 왔다. 그런데 우리 뭘 먹을까?"

"저는 아무거나 맛있어요. 아빠가 알아서 시키세요."

"그래, 오늘은 내가 시키겠지만 다음엔 기에 네가 알아서 뭐 먹자고 해라."

"알았어요, 그렇게 할게요. 그런데 아빠가 우리랑 같이 지내시면 안 될까요?"

"안 될 이유야 없겠지만 그건 왜…?"

왜냐고 물을 필요도 없지만 묻게 된다는 새아빠 주동성 씨 표정이다.

"이유까지 말해요?"

"그런데 말이야… 이런 일은 너희들만의 일이 아니잖아. 그래서 말인데 내가 너희들 새아빠이기는 해도 합치기까지는 간단치가 않은 문제라서야."

"이건 제 생각이 아니라 예선이 언니가 한 말인데 영 그러면 아빠를 가져가라고 했어요."

"뭐, 예선이가 아빠를 가져가라고 했다고…?"

"그게 아니라, 예선이 언니 생각은 그동안의 엄마를 아빠가 데리고 가버리면 어떻게 살아갈까 싶었는지 아빠랑 같이 지내되, 한 번씩은 우리 일곱 식구가 한 상에 둘러앉자는 거지요."

"우리 일곱 식구가 한 상에 둘러앉자고 했다고? 그런 말을 예선이 언니가 했다고?"

"그래요, 예선이 언니가요."

"기에 너 지금 한 말 진짜인 거야?"

"무슨 말이라고 아빠에게 없는 말까지 하겠어요. 진짜예요. 저는 아빠랑 같이 살고 싶어요. 그런 말씀을 드리려고 이렇게 온 거예요. 아빠 나 딸 노릇 잘 할 수 있어요. 당장 오세요. 아빠 사랑해요."

"나도 사랑한다. 그렇지만 당장까지는 아직이다."

새아빠 주동성 씨는 전혀 예상치 못한 의붓딸의 말이라 당황스럽기도 하다는 표정이다.

"그러시지 말고, 당장이어요."

"그래, 알았다. 알았으니 엄마랑 의논해볼게. 일단은 그리만 알거라."

"엄마랑 의논할 필요도 없어요. 엄마는 아빠에게 물어보라고 했으니 말이요."

"그러니까 지금 말한 내용 엄마도 알고 있다고?"

"그렇지요, 그리고 엄마는 이리로 곧 올 거요."

"뭐…?"

"그래요. 아빠 회사 정문 쪽으로 오기로 했어요."

"그러면 몇 시쯤에?"

"왔는지 나가볼게요."

표인숙 간호사를 태운 택시는 주동성 씨가 근무하는 회사 정문 앞에 멈춰 서고 딸 정기예가 엄마와 만나 식당으로 데리고 온다.

"밥을 벌써 먹고 있어요, 올 때까지 좀 기다려주시지."

"아이고, 미안해요." 주동성 씨 말이다.

"아빠 잘못이 아니야. 말을 안 한 내가 잘못이지."

"아니야, 엄마 얘기를 내가 먼저 꺼냈어야 했다."

"그렇기는 해도 아니, 이게 웬일이요. 이런 일은 미리 말이라도 해주지 그랬어요." 표인숙 간호사 말이다.

"이런 일은 생각조차도 못 했지만 미리 말하면 싱겁지 않아요."

"그렇기는 해도요."

"아빠, 그러지 말고 우리 자동차 드라이브 한번 시켜주세요."

"그래? 드라이브 좋겠다. 그러면 어디로 할까?"

"우리는 모르니 아빠가 알아서 해주세요."

정기예의 목적은 드라이브가 아니다. 엄마가 새아빠와 재혼을 했으니 한 가족을 만들자는 의도다. 그렇지 않아도 예선이 언니가 말했기 때문이기도 해서다. 그러니까 새아빠를 가져가라고 말했기도 해서다.

"알았다. 대부도에서 동춘서커스단이 공연한다니 공연 구경도 하고 오이도에서 저녁도 먹자."

"대부도가 어디예요?" 정기예의 엄마 표인숙 간호사 말이다.

"여기서 가자면 시화방조제 끝자락이라고 보면 돼요."

"멀어요?"

"멀지는 않아요. 가는 길만 괜찮다면 약 사십여 분 걸릴 거리예요."

"사십여 분 거리면 너무 가깝다." 딸 정기예 말이다.

"아빠, 여기가 시화방조제지요?"

"그래, 여기가 시화방조제야."

"와… 엄청 길다. 아빠는 길이도 알아요?"

"말만 들었지만 길이는 11.2㎞라고 하더라고. 아무튼 이 방조제 건설은 정치적인 이유도 있지만 중동 건설 붐이 시들해지게 된 바람에 새것 같은 멀쩡한 중장비를 버릴 처지에 놓인 거야. 그것도 있고 국가적으로는 그동안의 솜씨들을 방치해서는 안 된다는 통치자의 의중이라고 할까. 아무튼 그렇다는 거야. 시화방조제에 대해 너희들은 학생이니까 관심을 둬도 손해는 아닐 거야."

"…."

저의 관심은 시화방조제에 있는 게 아니어요. 아빠를 친아빠처럼 모시는 거예요. 우리와 함께 살아가는 거 말이에요. 알고 계실지 모르겠지만 예선이 언니 앞에서 눈물을 보이게 된 것도 그래서요. 그러니까 아빠가 좋아서만은 아니라는 거요. 항상 있어야 할 엄마가 재혼이라는 이유로 떠나가버리고 나면 우리 집은 어떻게 되겠어요. 사람이 안 사는 집처럼 되고 말 건데 그래서요.

"오이도에서의 밤은 처음일까?"

표인숙 간호사 가족과 동춘서커스 구경까지 하고 미리 말한 대로 오이도로 와서 새아빠 주동성 씨는 정기예에게 묻는다.

"처음이지요." 대답은 엄마 표인숙 간호사가 한다.

"그래요, 오늘은 이 정도로만 하고 날 잡아서 제주도 여행도 하면 어떨까 싶네요."

"그래주시면 좋지요."

"근데 오늘 드라이브는 솔직히 말해 아빠를 집으로 모시기 위한 작전이어요." 의붓딸인 정기에 말이다.

"뭐…?"

엄마 표인숙 간호사는 생각지도 못한 말이라 놀란다.

"아니요. 나도 그러고 싶어요. 그렇지만 그렇게까지는 우리 애들에게 동의를 구해야 할 일이니, 며칠만 참읍시다."

"동의도 필요 없어요, 예선이 언니가 그렇게 하라고 했어요."

"꾸며낸 말은 아니고?"

"딱 그렇게 하라고까지는 안 했어도요."

"아무튼 첫날은 우리 애들과 같이 가는 게 옳지 않겠어요."

"그러네요."

"애들아, 미안하다. 물론 일부러는 아니어도." 엄마 표인숙 간호사 말이다.

"이렇게 엄마를 부른 건 딸로서 건방진 행동일지는 몰라도 기예에게 말한 내용 확실히 하려면 엄마에게 직접 말씀드려야 할게 아닌가 싶어 만나자고 한 거예요."

주예선은 새엄마와 만나서 말한다.

"그래, 느닷없기는 하다만 불러주어 우선 고맙다. 예선이가 우리 딸에게 했다는 말 아빠에게서 이미 들어 알고 있기는 하다. 그러나 재혼은 생각처럼 간단치가 않아 걱정만 하고 있었다."

"간단치 않다는 건 저도 알아요."

"그래, 안다니 더 말할 필요는 없겠으나 내가 낳은 애들과 떨어져 살아가야만 할 문제이기 때문에 고민이다. 그러니까 핑계일지 몰라도 애들과 따로 살아갈 수밖에 없는 상황이라 집도 새로 마련하자고 아빠와 의논한 상태다. 나는 그런 상태에 놓여 있는데 예선이가 그런 문제를 해결해주려는데 나는 네 새엄마로서 어찌 고맙다 안 할 수 있겠냐. 고맙다."

"고마워하실 필요는 없어요. 그런 일은 저만이 아니라 장녀라면 누구도 해내야 할 당연한 일인데요."

"아니야, 그런 말은 예선이나 할 수 있는 일이야. 나는 그렇게 생각해."

"칭찬 말씀 감사해요. 그래서 말이지만 엄마가 걱정이 없으셔야 저도 안정된 삶을 살아갈 게 아니요."

"그래. 지금 한 말 인정하고 고마워. 고맙기는 애들을 어떻게 할지가 나 그동안 걱정 많이 했어."

"그러셨을 겁니다. 제가 기예에게 한 말 때문이라고 말할 수도 있어요."

"그래, 아무튼 예선이도 생각해봐. 엄마가 눕던 자리가 텅 비게 된다는 건 상상이나 되겠어."

"그래요, 기예의 눈물도 그래서였을 거요."

"아무튼 우리 행복하자."

"그래요, 행복합시다."

"다시 말하지만 생각해보면 재혼 가정이 우리만이 아닐 것이나 예선이가 제시한 살아볼 만한 세상 가치는 내가 처음 맛보는 게 아닌가 싶다."

"그러면 말이요. 당장 오늘부터라도 합치십시오. 다른 문제는 살아가면서 해결해도 될 테니까요."

"그렇게 해볼게. 물론 아빠랑 의논해서."

"아빠와 의논도 필요 없어요. 서두르세요. 물론 시급한 일이 아니기는 해도요."

"그래, 서두를게. 고맙다."

"고맙다만 하시면 어떻게 해요. 당연한 일인데요. 이렇게까지는 제 머리에서 나온 게 아니어요. 그러니까 기예가 밥 먹다 말고 눈물을 훔쳐요. 눈물까지 훔치기는 엄마와 떨어져 살아갈 수밖에 없어 그럴 건데, 저는 기예의 언니로서 보고만 있을 수 없어 아빠를 가져가라고까지 말한 거예요. 아빠를 가져가라고 말한 건 무슨 물건도 아닌데도요."

"아니, 우리 기예가 눈물까지 훔쳤다고?"

"그래요. 기예가 눈물을 훔쳐요. 기예의 눈물을 보니 나는 누구도 아닌 네 언니다, 그런 생각이 번뜩 드는 거요."

"그렇다면 예선이 맘속에는 천사가 들어가 있다. 물론 지나친 칭찬일지 몰라도."

"칭찬의 말씀은 감사합니다만 저는 천사 맘일 수는 없어요. 봅시다. 장녀는 태어날 때부터 운명적일 수도 있어서 흐트러진 동생들 행동을 그러려니 할 수 없다는 게 장녀일 거잖아요. 그러니까 엄마 역할도 해야만 할 그런 장녀 말이에요."

"그래, 그렇지만 오늘의 사회에서 예선이 같은 장녀가 또 있을지 모르겠다. 이건 칭찬이 아니야. 진심이야."

"엄마, 감사해요. 그런데 이건 들은 말이나 괜찮은 집안 장녀는 며느릿감으로 그만한 가치도 부여해준다네요."

"괜찮은 집안 장녀는 며느릿감으로 그만한 가치로 인정?"

예선이 너는 예쁘기도 하지만 말도 어쩌면 이쁘게도 하냐. 그래서 생각이나 예선이 너는 시집을 가더라도 아이만 뽑는 그런 여자로 살지 말고 정계에 진출해서 정부 요직을 꿰차라. 내 딸이라는 자랑도 하게 말이다. 아무튼 세상을 살아가다 보면 괜찮은 사람이 있는가 하면 그렇지 못한 사람도 있기 마련일 테지만 나는 예선이 너를 만난 게 복이다. 그래서 말이지만 복인이라는 말도 들을 것 같다.

"그러니까 장녀란 동생은 형의 돈을 안 갚아도 괜찮다 싶을지 몰라도 형은 그렇지 못하듯 말이요."

"그건 그럴 거야."

"제가 이런 말까지 하게 된 건 머리가 좋아서나 맘이 좋아서가 아니에요. 환경이 그렇게 만든 거예요. 그러니까 엄마가 병마로 누워 있는 상황에서 저는 대학을 앞둔 장녀였다는 거예요."

"그렇다 해도 선한 맘이 아니고는 할 수 없는 일이야."

"제가 그렇게까지는 기예 때문이라고 해도 돼요. 그러니까 기예가 만약 반갑다는 태도로 다가왔다면 저는 언니로서 끌어안는 수준에서 그쳤을지도 모른다는 거지요."

"그건 아니야. 구체적 사실까지는 부모님이 주신 근본적 맘에서 우러나온 거지. 나는 그렇게 생각해."

"제 맘이 엄마 말씀대로 선한 맘은 아닐 거요. 아무튼 기예가 이런 말도 엄마께 했는지 몰라도 저는 한 지붕 아래 티격태격하는 그런 두 가정이 아니라 두 지붕 아래에 한 가정으로 하자고도 했어요."

"한 지붕 아래 두 가정이 아니라 두 지붕 아래 한 가정?"

"그렇지요. 설명하자면 우리가 두 가정이지만 한 밥상에 둘러 앉게 될 일인데 한 번은 엄마 집에서, 한 번은 우리 집에서 갖자는 거예요."

"지금 한 말 대환영이다. 신문에다 낼 일이기도 하다."

"신문에 낼 것까지는 없겠지만 우리가 돈이 없는 것도 아니잖아요. 그래선데 당장이면 해요."

"알았다. 일단은 알았으니 며칠만 기다려라."

"기다리라는 건 왜요?"

"기다리라는 건 다름이 아니라 아빠 짐도 들여놔야 할 거잖아. 그래서야."

"그렇기는 하죠. 그렇기는 하지만 빠를수록 좋을 것 같네요."

"그래. 알았다. 그렇지만 그동안 사용했던 구닥다리 것들은(기예 아빠가 쓰던 물건들) 모두 치워버리고 깔끔하게 해드리고 싶어서야."

"그러실 거면 생각인데 저는 이벤트식 환영 꽃다발도 준비할게요."

"뭐?"

"이건 다른 말이기는 하나 엄마 아빠 만나심은 주님이 허락해주신 은총일 거라고 저는 생각해요. 그러니까 두 분은 딱 어울려요. 그래서 저는 천생연분이라고 해도 될 것 같아요."

"그거야, 전혀 새로운 삶이기는 하나 살아봐야지. 물론 내가 그렇게 해내야 할 일이기는 해도."

"아버지에게 잘해주실 문제는 나중 일이고 그래서 생각이지만 이삿짐만 달랑인 건 아니라는 거요. 그러니까 소문도 내자는 거요."

"소문까지는 아닌 것 같다. 자랑도 못 되면서."

"소문이란 게 뭐겠어요. 결혼식이 바로 소문이잖아요. 그러니까 결혼식에서 주례자가 성혼됐음을 하나님 앞과 하객들에게 공포하듯 말이요."

"그렇기는 해도 재혼이라서 좀 그렇다."

"아빠가 엄마와 합치려면 재혼자라는 떡도 나눠 주고 말이요."

"맞는 말이기는 하나 그렇게까지 해도 될까 모르겠다. 그러니까 사회가 바라보는 눈 말이다."

"엄마를 바라보는 사회의 눈 말은 이미 했잖아요."

"그래. 사람들을 모이게 해서 저 재혼했어요, 그러는 게 괜찮을 것 같다."

"그러니까 말로만이 아니라 아버지 얼굴을 보이면서요."

"그거야 당연하지. 그건 그렇고 궁금한 건, 예선이는 그리도 똑똑하면서 왜 대학을 안 가고 생활전선에 뛰어들었을까?"

"그게 궁금하세요?"

"당연히 궁금하지. 생활 형편도 나쁘지 않으면서, 그러니까 아빠는 괜찮은 세원주식회사 부장님이고 엄마는 나처럼 간호사인데도 말이야."

"우리 엄마가 간호사였던 건 아빠가 말했어요? 그렇다면 아빠는 다른 말도 하시던가요?"

"다른 말 없으셨어. 다만 아빠나 나나 홀로된 사연만 주고받는 과정에서 엄마가 간호사 출신이었다는 걸 알게 된 거여."

"그래요. 제가 대학을 포기하게 된 건, 제가 대학을 앞둔 때인데 어느 날은 엄마가 저를 물끄러미 쳐다보시는 거요. 그래서 저는 '엄마 왜 그렇게 쳐다보는 거야! 너무 무섭다' 그랬어요. 생각해 보면 철딱서니 없이 말이요. 아무튼 친엄마는 유방암이라는 이유로 입원하게 됐고, 엄마가 결국 떠나시게 된 바람에 저는 졸지에 소녀 가장처럼인 거요."

"그랬었구나. 위로한다. 이제부터는 힘들었던 그동안의 것들은 멀리 보내버리고 웃고만 살자." 새엄마 표인숙은 주예선 손까지 붙들면서 말한다.

"그럽시다. 그런데 우리 아버지가 어떤 분인지 미리 알아두시는 것도 괜찮을 것 같아 말씀드리면 아버지는 좀 털털하다고나 할까 그러셔요. 본성이신지 몰라도요. 엄마는 그런 점도 참고로 하세요."

"참고라기보다 그게 남자들 털털함이기도 하시겠지. 아무튼 나는 네 아빠를 만난 게 좋다."

네 아빠가 좋다는 말은 예선이 너 듣기 좋으라고 하는 말이 아니다. 생각지도 못하게 참 좋은 남자 같아서다. 물론 네 아버지를 지금의 태도로 평가할 수는 없어도 얼굴에 그렇게 쓰여 있기도 해서다. 어쨌든 나는 예선이 네 아버지가 좋고, 네 아버지는 이 새엄마가 좋게 살아갈 거다. 보란 듯 말이다.

"엄마는 아버지가 어떤 분인지 아직은 모르시겠지만, 우리 아버지는 무슨 일이든 긍정적으로 생각하시는가 싶어요. 그러니까 사람이 사는 사회는 복잡할 수밖에 없다 그런 생각 말이요."

"그래선데 예선이는 아빠를 닮아서 긍정적일까?"

예선이는 아빠를 닮아 긍정적일까 말은 같은 병원에 근무 중인 방태신 의사와 연결해주고 싶어서다.

"엄마가 저에게 아버지를 닮았냐고 하신 건 감사는 하나 그건 아니에요. 제가 몇 살인데 그런 정도 생각도 못 해요. 어쨌든 어쩌다 보니 그렇게 된 거지요."

"예선이야 겸손히 하는 말이지만 내 생각은 어쩌다 보니 그렇게 된 건 아니야. 아빠의 유전자를 이어받은 거야."

네가 똑똑하고 예쁜 건 그냥이 아니다. 같이 안 살아봐서 모르나 네 친엄마도 너처럼 똑똑하고 예뻤을 거다. 그래서 생각이나 콩 심은 데 콩 나고 팥 심은 데 팥 난다는 말 생각난다.

"쉴 수도 없게 해서 미안해요."

표인숙 간호사는 주예선이가 의붓딸이기는 해도 그리도 예쁜데다 똑똑도 해서 그동안 지켜본 방태신 의사를 사위로 삼고자 바쁘게 불러내 하는 말이다.

"아니에요. 오늘은 심심도 해서 낚시라도 해볼까 그러던 참이었어요."

"그러시면 다행이나, 제 남편 장례를 끝까지 지켜주셨는데 고맙다는 인사말도 아직 못 했는데 많이 늦었으나 이제라도 할게요."

"아니에요. 그런데 매형은 어떻게 되신 거요? 궁금한 거 못 참는 성미이기는 해도 너무도 슬픈 일이라 여쭤볼 수도 없어 지금까지여요."

"그런 얘기를 하자면 제 남편은 출장 과장이라고 해도 될지 몰라도 한 달에 대여섯 번 정도는 출장인 거요. 그러던 어느 날 사고가 난 거요. 그것도 당장 알게 된 게 아니라 사고가 난 다음 날에서야 발견이 된 거요. 그런데 얘기를 들으면 화물차 기사가 보니 고속도로 가드레일이 부서져 있어 자기도 모르게 아래를 내려다본 거요. 그런데 제 남편 승용차인 거요. 물론 제 남편 차인 건 순찰대 확인으로 알게 됐지만 한참 아래 낭떠러지에 처박혀 있는 거요. 화물차 기사는 그걸 보고 신고를 한 거요. 그렇게 된 제 남편 시신 수습은 그동안 의형제처럼 지내던 형이 해주었어요. 고마우나 인사도 아직이라 미안해요. 아무튼 상상할 수도 없는 느닷없는 일이라 삶이란 아무것도 아니라는 생각까지 들어 우울증에 넘어지지 않은 것만도 다행이라고 저는 생각해요."

"아이고, 그렇게까지 되셨군요, 늦었지만 위로 말씀 드립니다."

"감사해요. 아무튼 한동안은 그랬지만 이젠 평상심으로 돌아왔다고 할까 그래요. 그러니까 저는 재혼을 했거든요. 물론 재혼이 자랑일 수는 없지만요."

"재혼이 자랑일 수 없다니요, 그건 말도 안 돼요. 아무튼 재혼은 참 잘하셨습니다. 그렇지 않아도 여쭤볼 말도 있었지만 어려움에 계실 표 간호사님에게 다가가 말 걸기도 어려웠어요."

"방 선생님이 그러신 줄 저도 알아요. 미안해요."

"미안이라니요. 그건 아니에요, 아무튼 이젠 새 매형도 뵈었으면 해요."

"그래요, 조만간 보여드릴게요. 그런데 방 선생님은 사귀는 여자친구 있어요?"

표인숙 간호사는 의붓딸인 주예선을 방태신 의사와 어떻게든 연결을 시키고자 해서다.

"사귀는 여자친구 없어요. 그건 왜요?"

"내가 보기엔 진짜가 아닐 것 같은데요."

"고백하자면 같은 대학에서 만난 여자친구가 있기는 했어요."

"있었는데…?"

"그러니까 잘난 놈한테 빼앗겼다고나 할까. 아무튼 그리되고 말았어요."

"그러면 여자친구 손도 못 만져봤다는 거요?"

"손이 다 뭐예요. 옷자락도 못 만져봤어요."

"아이고, 아니게 돼 많이 서운했겠네요."

"서운하긴 서운했지만 잘 가라고는 했어요. 물론 맘속으로요."

"그건 아니네요. 도망 못 가게 확실하게 해두어야지요."

"허허. 그렇게까지는…."

"그래요, 제가 이런 말까지 하는 건 조심스러우나 남자는 잘생긴 무기만으로 여자에게 다가가서는 안 되는 건데 방 선생님은 그랬네요."

"그러면 표 간호사님이 보시기에 제가 괜찮게 생겼다는 거요?"

"무슨 말이요. 제 딸이 성장만 했다면… 그런 생각도 다 했는데요."

"그러면 표 간호사님은 소개할 여성이 있다는 건가요?"

"그러면 괜찮게 생긴 여성인지 사진부터 우선 보실래요?"

표인숙 간호사는 미리 준비해둔, 성산대교 난간을 붙들고 찍은 주예선의 사진을 방태신 의사에게 보여준다. 사진만 보고도 반하지 않을 남자는 아무도 없을 거라는 생각에서다.

"그런데 이 여성이 누구예요?"

"아직 사진이기는 해도 괜찮아 보이기는 하세요?"

"괜찮고 안 괜찮고보다 몇 살이어요?"

"나이는 스물세 살이어요."

"스물세 살이면 결혼 적령기이기는 해도 결혼할 맘이 있어야…."

"그거야 적당한 사람이 나타나느냐에 달려 있겠지요."

그러니까 방 의사 같은 사람 말이요. 표인숙 간호사는 그런 말까지 하려다 만다.

"아무튼 만나보게나 해주시면 하네요."

"그런데 솔직히 말하면 누구도 아닌, 제 의붓딸이어요."

"그렇군요, 일이 잘되면 표 간호사님은 그냥 간호사님이 아니라 제 장모님이시네요, 허허."

"잘될지는 방 선생님에게 달리기는 하겠으나 나이로는 방 선생과 딱 어울릴 나이기도 해요."

"표 간호사님은 제 나이를 어떻게 아시고요?"

"그거야. 이력서에 나와 있잖아요."

"그렇기는 해도요."

"이력서 나이가 틀리지는 않겠지요?"

"틀리지 않아요. 맞아요. 아무튼 한번 만나보게나 해주세요."

"그러면 제 딸에게도 방 선생님이 어떤 분이신지부터 말해야 할 것 같으니 좀 기다려주셔야겠네요."

"기다리지요. 시급한 일도 아닌데요. 아무튼 잘되게나 해주세요."

"아빠, 나 남자친구 만나도 돼?"

표인숙 간호사는 주예선을 방태신 의사에게 보여주겠다고 약속까지 했는데 주예선은 텔레비전만 보시는 아빠에게 다가가 하는 말이다.

"남자친구 만나도 되냐니… 그게 무슨 말이야. 그렇지 않아도 아빠는 듣고 싶은 말이다."

"그게 아니라…."

"그게 아니라니? 아니, 예선이 너 남자친구 있다는 거 아냐."

"그래, 남자친구 생겼어."

"그러면 아빠가 보기에도 괜찮은 놈이기는 하고?"

"그러면 안 괜찮은 놈 아빠에게 말하겠어."

"그거야 당근이지, 예선이 네가 누군데."

"아빠는 내가 괜찮은 딸로 보여?"

"이런 말까지 해도 될지 모르겠다만 예선이 너만큼 예쁘고 똑똑한 녀석은 없다고 아빠는 본다."

"그러면 아빠는 다른 집 딸들을 보기도 하는 거야?"

"어디 아빠만이겠냐. 부모라면 누구든지 그럴 거다."

예선이 너를 보면 아빠는 자랑스럽기도 하다. 그러나 너를 낳아준 엄마는 그런 행복도 맛보지 못하고 하늘나라에 있게 됐다는 게 아쉬움이다.

"그런데 아빠 약속까지야."

"약속까지라는 말은 그러니까 결혼 약속까지?"

"그래, 결혼 약속까지."

"예선이 네 예리한 판단은 아빠도 인정하겠다만 결혼 약속까지는 너무 빠른 것 같다."

"결혼 약속까지는 빠른 것 같다고?"

"그러니까 뜯어볼 내용도 있을 게 아니야."

"뜯어볼 건 결혼해서 살아봐야 알겠지만 내가 잘하면 될 그런 청년이야."

"물론 그렇기는 하지. 아무튼 너는 새엄마처럼만 하면 좋겠다."

"아니, 새엄마처럼…? 아빠는 그게 무슨 말이야?"

"그런 말까지는 아닌데 아빠가 말 잘못 말했다."

"딸 앞에서 잘못했다 말 안 해도 돼."

"미안하다. 물론 고맙기도 하고."

그래, 언제라고 가치 있는 말을 했겠냐마는 네 새엄마라는 말을 해놓고 보니 하지 말았어야 할 가치 없는 말을 한 것 같다는 건지, 아빠 주동성 씨는 죄 없는 텔레비전 리모컨만 만지작거린다.

"아빠, 그런데 혼자 생각이기는 하나 그 청년과 결혼하기로 약속까지인데 엄마 축하도 필요해."

"그게 아닐 것 같아서?"

"그래, 아닐 수도 있을 것 같아 맘이 편치 못해서야."

"맘이 편치 못하다는 말이 무슨 말이야?"

"실수이기는 해도 엄마한테 미리 말할 걸 그래서야."

내가 엉뚱한 청년과의 관계를 새엄마가 어떻게 아셨는지는 몰라도 대하시는 태도가 평온하게 대하던 전날과는 달리 쌀쌀하게 대하는 것 같아서다.

주예선이가 그러기까지는 다음과 같다.

"안녕하세요, 저 고등부 교사 주예선이어요. 그런데 제 재킷 주머니 속에 들어 있는 쪽지를 보니 시간이 되는 대로 한번 만났으면 하는 송 목사님 쪽지가 있어서요."

재킷은 고등부 학생들과 예배를 드리기 위해 옷걸이에 잠시 걸어놨는데 송 목사 사모님은 그걸 아시고 몰래 넣은 것 같다.

"잠깐요, 목사님 바꿀게요. 여보, 주예선 전환데 한번 받아봐요."

"그래요, 알았어요."

"대답만 말고 어서 받아요."

걸려 온 전화는 송정관 목사 아내가 받아도 될 거지만 남편에게 바꿔준다.

"아이고, 누구야. 주 선생이구먼. 전화 기다렸는데 고마워요. 아무튼 내가 목사이기는 해도 주 선생을 쉴 수도 없게 했나 싶어 미안해요. 그런데 주 선생에게 물어볼 말이 있어선데 교회 건너편 커피숍으로 나올 수 있겠어요?"

송정관 목사는 주예선의 전화가 있기를 많이 기다린 것이다.

"예, 나갈게요."

"그러면 나는 먼저 가 있을 테니 그리로 오세요."

송정관 목사는 주예선이가 예쁜 건 물론, 똑똑도 해서 고향 친구 동생 오종근과 연결해주고 싶어 연락 번호 쪽지를 아내에게 주면서 주예선에게 주라고 한 것이다.

"알겠습니다. 곧 갈게요."

"고마워요. 그러나 제가 아무리 목사이기는 해도 쉬어야 할 주 선생을 쉴 수도 없게 했을까 모르겠네요."

"우리 송 목사님은 그게 흠이어요."

주예선과의 통화를 듣고만 있던 송정관 목사 아내 말이다. 그렇다. 교회에서 일어나는 추문은 목회자들의 이미지를 손상시켜 교회가 휘청거릴 수도 있다. 그래서 남녀끼리 승용차를 타는 것도 조심해야 한다. 그것은 아무리 깨끗하다 해도 사회는 그걸 인정해주지 않을 거라는 데 있기 때문이다.

　"아니, 어딜 가려다 온 게 아니요."
　"아니에요."
　"금방 와서 하는 말이요. 그런데 주 선생!"
　"예."
　"단도직입으로 물을게요. 주 선생은 결혼을 늦추지는 않을 거지요?"
　송정관 목사는 고향 친구 동생 외에는 움직이지 말라는 의도의 말이다.
　"결혼을 늦출 필요는 없지요. 그건 왜요?"
　"제 아내가 말했는지 모르겠지만 집안 말을 한다면 내놓을 만한 집안은 못 돼도 5남매를 둔 평탄한 집 막내아들이어요. 거기까지 말해도 될지 모르겠지만 생활 형편도 괜찮고 기아자동차 회사 정규직 사원으로 칠 년이 다 되게 근무하고 있다네요. 그러니까 고등학교 졸업과 동시에 얻어지는 직장이기도 하지만 사원들에게 주는 모범상도 한차례도 아닌 두 차례나 받았나 봐요. 그렇게 보면 인간성은 담보할 만하나 문제는 두 가지가 걸림돌이에요."

"걸림돌이라는 게 뭔데요?"

"걸림돌이라는 게 말하자면 남자로서 키가 크지 않은 편이어요."

"크지 않으면 얼만데요?"

"160센티 정도고 가장 중요한 건 교회를 나갔다 안 나갔다, 아마 그런가 봐요."

"그러면 목사님은 소개자를 안 보시고 말만 들으신 거네요?"

"봤지요, 한 동네인데요. 물론 어릴 때 봤던 기억이지만 아무튼 신랑감인 형이 말해서요. 그러니까 형은 동작구 대방동에 살아요."

"그러면 부모님은 교회에 나가시고요?"

"부모님은 두 분 다 집사님이세요."

"그러면 한번 만나보게나 해주세요."

"교회에 나갔다 안 나갔다 하는 건 괜찮다는 건가요?"

"이런 말은 목사님 앞에서 말하기는 좀 그러나 신앙은 개인 문제이지, 결혼까지 연결지어야 할 중대 문제는 아니라고 저는 생각합니다."

"주 선생 생각은 어마어마하시다." 남편과 주고받는 얘기만 듣고 있던 송정관 목사 아내 말이다.

"사모님, 그게 아니에요."

"그게 아니면요?"

"저도 생각이 있어서요."

"생각이라면…?"

"오늘은 거기까지만 말할게요."

"급한 문제는 아니지만 주 선생 생각이 궁금하네요."

"목사님이 계시는 자리에서 말하기는 죄송합니다만 마누라 말 안 듣는 남편 없다는 말에서 생각인데 결혼을 하게 되면 나는 말 잘 듣는 남편을 만들 겁니다."

"아니, 말 잘 듣는 남편을 만들어요?"

"예."

"아이고, 그런 말은 누구로부터도 못 들어본 대단한 말이네요."

"그런 생각은 좀 엉뚱하다 하실지 몰라도 그런 생각이 지금도 유효하다고 할까 저는 그래요."

"그러면 남자 키로서는 160센티 조금 넘는데 그래도 작다고 생각은 안 드세요?"

"그건 태어날 2세 문젠데 남자로서 알통 다리가 아니고 미끈하다면 저를 닮을 거요. 그러니 일단은 한번 보게나 해주세요."

"아니, 남자로서 알통 다리요?"

"일단은 그래요."

"아이고, 그런 말은 누구도 안 한 것 같은데, 그렇다면 주 선생은 모르는 게 뭐가 있어요?"

"저 아무것도 몰라요. 무식해요. 대학도 못 갔어요. 물론 고교 성적이 부족해서가 아니기는 해도요."

"그런 말은 이 자리에서 할 말은 아니고, 그러면 서로의 만남은 언제쯤이 좋을까요?"

"금요일 오후 아니면 토요일이라야 되지 않겠어요?"

"그러면 그렇게만 알고 연락을 취해서 다시 연락 번호도 말해 줄게요."

"알겠습니다. 송 목사님은 저를 위해 애쓰시는데 애쓴 보람이 있으면 좋겠습니다. 목사님 감사합니다."

"아빠, 이렇게 된 거여. 그러니 엄마에게 잘 말해드려."

"말이야 하겠다만 네 새엄마가 괜찮은 신랑감 소개하려다 실패한 맘 달래질지 모르겠다."

"그래, 쉽지는 않겠지. 결혼 문제는 엄마의 허락이 필요할 건데 그렇지 못해서."

"그렇다고 새엄마 허락까지는 아닌 것 같다."

"그러면 아빠는 아닌 거야?"

"아니야, 네 말이 맞을 것 같다. 그건 그렇고, 네 신랑감 직장이야 괜찮기는 하다만 남자로서는 키도 좀 커야 할 건데 그게 좀 부족하다."

"남자로서의 키…?"

"168센티 되는 예선이 너로 봐서도 180센티 정도는 돼야 할 게 아니냐 그래서야."

예선이 너는 아빠 엄마 유전자 덕인지 키만도 168센티이기도 해 미인대회에 나가보라고 했다지 않느냐. 그런 너를 낳기만 하고 유방암이라는 이유로 떠나가버린 네 엄마가 고맙기도 하고 밉기도 하다.

"그러면 아빠는 내 결혼을 반대는 안 한다는 거네?"

"아빠가 반대하면 결혼 약속 취소할 거냐?"

"그거야 아니지만."

"네 결혼 약속을 반대할 이유가 없기도 하지만 그 청년과 결혼은 네가 살아갈 문제다."

"그렇지, 내가 살아갈 문제이지."

"묻지는 않았지만 네 새엄마도 그런 생각일 거야."

"그러면 아빠는 아니고?"

"나도 마찬가지이기는 하지."

"나는 이제부터 새엄마가 아니라 친엄마처럼 대할 테니 아빠는 대신에 엄마에게 참 좋은 남편으로 살아주기여."

"그런 염려는 안 해도 된다. 그렇게 살아갈 거다. 하늘나라에 있는 네 엄마에게 미안은 하다만."

"이젠 하늘나라에 가 있는 엄마에게 미안해할 필요도 없어."

"그래, 그래도 될까 모르겠다만 아무튼 그런데 잘했다 칭찬까지는 아니어도 네 일은 네가 하라는 말 같아 좀 미안해진다."

"그것은 아니야. 아빠로서는 당연한 말이지."

"당연한 말?"

"그래, 아무튼 아빠가 엄마 맘을 어떻게 좀 해드려. 엄마는 내 일로 맘이 편치 않은 것 같아서야."

"그런 일은 당사자인 네가 해결해야 맞을 건데 예선이 너는 그런다. 물론 아빠도 말하겠지만…."

"그러면 내가 위로해드릴게. 그런데 엄마가 서운하시기까지는 다음과 같아."

"이 사진은 너무도 예쁜데 언제 찍은 사진일까?" "엄마. 그 사진 어디서 났어요?" "그래, 이 사진 어디서 났든 네 허락도 없이 내가 가지고 다니는 건 미안은 하나 나는 이 사진에서 행복감을 느끼게 된다. 그렇다는 점을 생각해보면 누구든 그러리라 싶기는 하지만 예선이 너는 예쁜 건 어쩔 수 없다." "엄마가 행복감을 느끼신다니 감사해요. 그렇지만 이 사진 제게 돌려주세요." "돌려달라고?" "안 돌려주실 거면 남에게 보여주지는 마세요." "알았어." "알았어 말씀은 누굴 보여주기도 했다는 거요?" "그러면 나 솔직히 말할게. 나는 예선이 신랑감 찾는 중이야. 예선이에게 딱 어울릴 괜찮은 신랑감." "제게 어울릴 괜찮은 신랑감이요?" "그래, 괜찮은 신랑감" "엄마 감사해요. 그런데 죄송하지만 아니게 됐어요. 죄송해요." "뭐…?" "그래요. 이런 일은 엄마께 말씀드려야 함은 당연함에도 송정관 목사와만 의논했고, 죄송하지만 결정까지 했어요." "결정까지?" "예, 결정까지요." "결정까지면 어쩔 수 없지만 서운하다." "이미 결정을 내렸으니 엄마는 그 사람을 사위로 맞이하시겠지만 한번 보세요. 제가 보기에는 괜찮은 청년 같아요." "알았다." "그렇다고 서운해하시지는 마세요. 엄마는 아닐지 몰라도 저도 생각이 있어서 결정했어요." "생각이란 게 뭔데…?" "생각이란 결혼은 자식을 두자는 게 아니요. 그렇게 본 청년은 괜찮은 자식을 낳을 만하겠다 싶어서 그랬어요. 그것만이 아니어요. 그 청년으로 인해 큰언니 노릇도 해보겠다는 생각이어요." "그것만이 아니라 큰언니 노릇이라니, 난 무슨 말인지 모르겠다." "설명하자면 큰언니라는 면도 세우겠다는 거예요. 다름이 아니라." "큰언니라는 면을 세우겠다는 말도 이해하기 어렵고." "엄마는 저를 아들로 봅시다. 어느 가정이든 가정의 중심은 장남이잖아요. 딸도 마찬가지라고 저는 보는 거요. 그러니까 '다들 모여라!' 이런 식 말이요. 그래서 동생들 부족한 게 있으면 그런 점도 채워주기도 하고요. 부족한 부분 채워주려면 말로만으로는 안 될 거잖아요. 그래서요." "그러면 사귀는 청년이 부자라는 건가?" "부자까지는 아니어도 부자 못지않은 청년이어요." "아니, 부자까지는 아니라니… 그게 무슨 말인지 나는 모르겠다." "그러니까 내 맘대로 쓸 돈이 많다는 거지요. 일단은 그렇게만 알고 계세요. 아무튼 제 문제이기는 해도 엄마를 배제한 것 같아 죄송해요." "죄송까지는 아니다. 잘살아보겠다는데 칭찬이지. 그래서 말이지만 나는 예선이 덕에 살맛 나게 살아갈 수 있게 된 거다. 고맙다."

"엄마와의 얘기가 이렇게 된 거여."

"네 새엄마가 고맙다고는 했어도 맘까지는 아니었을 거다."

"그래, 아니었을 거여. 물론 짐작이기는 해도."

"그래, 아빠도 달래는 볼게."

"진짜야. 엄마 맘 편안하게 해드려야 뜻한 일도 어렵지 않게 해낼 수 있을 것 같아서어."

"뜻한 일이란 뭔데?"

"그거야 이미 약속한 결혼 문제지."

"그렇구먼. 아무튼 네 결혼 문제 얘기는 다음에 하기로 하고 오늘은 네 새엄마와 만나기로 해서 저녁까지 먹고 올 테니 그리 알아라."

"알았어. 그런데 엄마랑 만나기로 했다는 아빠 말은 이상하다."

"이상은 하지, 그렇지만 아직까지는 어쩔 수 없잖아."

"알았어. 있다가 와. 그리고 조금 전 했던 얘기, 엄마에게 말해도 돼."

"예선이 네 말 해도 될까?"

"그러면 조금 전 했던 얘기 아빠는 맘에다만 두고 있을 거야?"

"우리가 남도 아니면서 모텔에서만 만나길 오늘로 며칠째요? 말도 안 되게 말이요." 표인숙 간호사 말이다.

"그래서 생각인데 우리 애가 한 말대로 그렇게 합시다. 당장 말이요."

"그러니까 집 마련은 취소하고 제 집으로요?"

"그렇지요. 그런데 우리 예선이와 나눈 얘기도 해볼 건데 괜찮겠지요?"

"당연히 괜찮지요."

"그러니까 엄마 화를 풀어주라는 거요."

"그래요, 처음에는 아닌 생각도 들었으나 이젠 아니어요."

"그런 얘기를 모텔까지 가지고 와서는 안 될 건데 미안해요."

주동성 씨와 표인숙 간호사가 행복한 시간을 갖는 동안 주예선 신랑감인 오종근은 주예선을 부모님에게 자랑하고 싶어 그렇겠지만 고향 장흥군 장흥읍 원도리로까지 데리고 갈 맘으로 전화 버튼을 누른다.

'따르릉, 따르릉, 따르릉.'

"여보세요!"

주예선은 얼굴만 예쁜 게 아니라 목소리까지도 예쁘다.

"안녕하세요. 저 오종근인데 예선 씨 오늘 시간은 어떤지 물어보려고요."

"시간이야 오늘은 휴일이잖아요. 그런데 왜요?"

"그러면 집 앞으로 잠깐 나와 있을래요. 나 차 가지고 갈게요."

"언제 올 건데요?"

"지금이요."

"지금 오면 안 돼요."

"그건 왜요?"

"왜요가 아니라 세수도 아직이어요. 그러니 한 20분 후쯤에나 와요."

"알았어요."

오종근은 그렇게 해서 드라이브를 하면서 말을 꺼내기 시작한다.

"예선 씨!"

"예."

"예선 씨를 만났으니 이젠 고향에 계시는 부모님 뵈러 가고 싶은데 어떠세요?" 벌써냐고 할지도 몰라 오종근은 말을 조심스럽게도 한다.

"당연하지요. 가요. 그런데 날짜는 휴가가 될지부터 알아야 할 테니 날짜를 맞춥시다."

"그럽시다. 저는 써먹어야 할 연차가 많이 남아 있어서 별 사정이 없는 한 언제든지 낼 수 있으니 예선 씨만 알아서 내면 돼요."

"그러면 휴가를 낼 필요도 없이 오는 토요일에 갑시다. 물론 당일치기로요."

"당일치기로요?" 오종근 말이다.

"그렇지요. 당일치기로요."

"당일치기는 시간이 너무 빠듯할 텐데요."

"시간이 빠듯해도 거기 가서 잘 수는 없잖아요."

"그러면 아침 일찍 나서야 할 건데… 가능할지 모르겠네요."

당일치기만 아니면 예선이 저 보드라운 손도 한번 만져보기라도 할 텐데 예선이는 내 맘을 모르는 걸까? 어쨌든 싫다고 안 한 것만도 다행이라는 오종근의 눈빛이다.

"아침 일찍이 아니어요. 저는 본래 늦잠이 없어요."

"예선 씨는 늦잠이 없으실지 몰라도 저는 미안하게 토요일은 아침을 안 먹고 자요."

"말을 들으면 총각들마다는 아침을 안 먹는다고 하기는 하데요. 그렇지만 종근 씨는 그러면 안 돼요. 아침은 꼬박꼬박 먹어요. 꼬박꼬박 먹게는 물론 제가 하겠지만."

"아침 꼬박꼬박 챙겨 먹기는 예선 씨가요?"

"그래요."

"예선 씨를 너무 힘들게 해서는 안 될 건데."

"예를 들어봅시다. 남편은 사냥하는 사람이라면 아내는 요리하는 사람인 거요. 그러니까 종근 씨를 위해서만이 아니라는 거요."

"예선 씨가 한 말 내가 다 수용할 능력이나 될지 모르겠네요."

"수용할 능력이라니요. 내가 해내야 할 일인데."

"고마워요. 아무튼 아침 꼬박꼬박은 귀찮아서가 아니라 쉬는 날이라는 생각에 늦게 일어나다 보니 그리 된 거요."

"알겠어요. 그건 그렇고 고향엔 아버님 어머님만 계신가요?"

"그렇지요, 동네 분들이야 물론 계시지만요."

"그러면 동네는 커요?"

"안 커요. 그러니까 동네가 서른다섯 가구인가 그래요."

"그렇군요."

"우리 동네 분위기는 가을걷이만 아닐 뿐 모내기도 품앗이를 넘어 네 논 내 논 구분하지 않고 공동으로 하기도 해요. 그래서 이웃 동네에서도 우리 동네를 부러워들 해요."

"그게 농촌 맛이겠지만…. 그런데 부모님 집은 아직이어요?" 주예선은 처음 길이기도 하지만 한나절을 더 달린 것 같아서다.

"이제 다 왔네요. 십여 분만 더 가면 돼요."

오종근은 그렇게 해서 오후 1시쯤에 부모님이 계시는 고향 집에 도착한다. 부모님께 내려갈 거라는 얘기를 미리 말씀을 드린 이유겠지만 동네 분들도 평산댁 막내아들 색싯감을 보기 위해 열대여섯 분들이 부모님 집 앞에 모여있지 않은가.

"아버지 어머니, 저 왔어요."

인사 먼저가 부모님이라 동네 분들에게는 그동안 잘 계셨냐는 의미인 끄덕이는 고개로만 인사이고.

"그래, 왔냐. 너무 멀어서 오느라 힘들었겠다. 우선 들어가자!"

"예, 아버지."

오종근도 그렇지만 주예선은 예비 시부모님 앞에 무릎을 꿇는다.

평산댁 예비 며느리 주예선은 그렇지만 밖에서는 "와… 종근이와는 어울리지 않게 너무도 예쁘다. 종근이가 어디서 저렇게 예쁜 사람을 데리고 왔을까? 평산댁 막내는 재주가 매주다." "재주가 매주라니? 평산댁이 들으면 서운하게." 동네 분들이 하는 그런 말을 오종근과 주예선은 들었는지 몰라도 예비 며느리 주예선은 "아버님 어머님 저 인사부터 올릴게요." 주예선은 큰절을 올릴

태세다. 그것도 인사를 둘이 드리자는 의도로 오종근의 옷자락을
끌어당기면서.

"그래, 여보, 이리 와 절 좀 받아요."

오종근 부모는 그렇게 해서 큰절을 받는다. 그렇지만 이 아가
씨가 우리 종근이와 결혼하게 되면 말썽부리지 않고 끝까지 잘살
아줄지가 의심스럽다는 듯 예비 며느리 주예선을 본다. 어디 오
종근 부모만 그렇게 보겠는가. 눈치가 구 단까지는 아니어도 주
예선 눈치도 만만치 않은지 오종근 부모 눈치를 살핀다. 물론 각
오한 오늘이기는 해도.

"저희들 결혼을 하게 되면 아버님 어머님을 자주 찾아뵙지 못
할지도 모르겠습니다. 죄송합니다."

예비 며느리 주예선은 당돌한 말까지 한다.

"죄송은 무슨 죄송. 결혼하면 잘살기나 해. 그러면 돼."

그러니까 설 명절이고 추석 명절이고 간에 안 와도 돼. 기다리
지도 않을 거여. 그러니 이혼 소리만 하지 말고 잘살기나 해. 이
동네 영암 양반을 보면 내 며느리도 그럴까 싶어서야. 영암 양반
며느리는 제 남편이 자기만 못생겨서인지, 아니면 남편으로서의
불알이 시원치 않아서인지는 몰라도 낮에는 본 서방, 밤에는 새
서방과 살아서여. 그것도 아들딸 3남매까지 둔 여자가 말이여. 그
런 좋지 않은 소문이 온 동네에 다 퍼져 고개를 들고 다닐 수조차
없어 창피하다지 않은가 말이여. 아무튼 큰절 받기는 하지만 보

니까 내 막내와는 안 어울리게 많이도 예쁘다. 그렇게 예쁜 것이 내 눈에는 안 좋게 보여. 오종근 아버지는 그런 생각인지 탐탁지만은 않다는 표정이다. 그런 표정을 오종근 엄마도 알아보게….

점심시간이 훨씬 지나기는 했으나 막내 오종근과 예비 며느리 주예선이 어머니가 차려주신 밥 먹고 나니 시간은 오후 3시가 다 돼 간다. 시간상 그래서 당일치기로 계획된 일정이라 더 머물러 있기가 어렵겠다는 생각이겠지만 오종근은 자동차 시동을 건다.

"아버지, 저 이만 올라가야 할 것 같네요. 그리고 상견례 일정은 오늘 말고 나중에 전화로 말씀을 드려야 할 것 같습니다."

막내아들 오종근은 아버지가 그동안 바라시던 며느릿감 보시니 어떠세요, 이만하면 괜찮지요 하는 당당한 태도로 말한다.

"그래, 알았다."

"상견례 얘기는 형님이 말씀드리겠지만 너무 늦게 가기는 밤이라 지금 갈게요."

"그래라. 차 조심하고…."

"아버님 어머님 곧 또 뵙기로 하겠습니다."

예비 며느리 주예선 인사말이다. 예비 시어머니 손까지 붙들면서 말한다.

"응, 그래."

오종근 엄마 말씀이다.

주예선은 그렇게 해서 예비 시부모님을 뵙고 열심히 올라오다 군산휴게소에서 간단한 것으로 저녁을 해결하고 오종근으로부터 얘기를 듣는다.

"예선 씨!"

"예."

"예선 씨가 보다시피 저는 그런 집에서 나고 자랐어요."

"농촌이란 다 그런 건데 뭐가 어때서요."

"그러니까 저는 한마디로 촌놈이 어쩌다 보니 서울까지 올라왔고, 어쩌다 보니 기아자동차 회사에 취직까지 했는데 그것을 두고 동네 분들은 출세 정도로 보는 것 같아요. 민망스럽게."

"민망이라니요. 그런 말은 말도 안 돼요."

출세라고 말하기는 아닌 것 같으나 그만하면 대단하지요. 주예선은 그런 눈으로 오종근을 본다.

"괜찮은 회사에 취직한 걸 두고 출세라고 말할 수는 없겠으나 저는 그렇게 생각해요."

"고향에서는 그렇게 볼 수도 있겠지요. 저도 오종근 씨는 참 대단하다, 그리 말하고 싶어요."

"예선 씨, 고마워요."

"뭐가 고마워요, 사실인데요."

"아니요, 저는(생김새도 그렇지만 남자로서 작은 키 때문에) 장가조차 못 갈 것 같아 고민했는데 그런 저를 예선 씨가 구해주셨는데 어찌 고맙지 않겠어요. 예선 씨를 옆에 두고 말하기는 좀 그렇기는 해도요."

그래, 이런 문제에 있어 어디 오종근만이겠는가. 현대 여성들은 가진 것도 직장도 좋아야겠지만 그것은 결혼 조건 중 한참 후순위라고 해야 할 것 같다. 그러니까 생김새가 영화배우처럼 잘생겨야 한다는 것 같아서다. 그렇기에 아들을 둔 부모들은 장가 문제가 고민이기도 할 것이다. 그런 점에서 생각해볼 수 있기는 맘에 드는 여성이면 좋은 점만 늘 보여주며 집으로 찾아가 장인감 앞에 큰절을 올리는 것이다. 그러니까 남자라는 용기 말이다. 그런 용기도 없이 생김새 탓만 해서야 바보라는 말을 면하기 어려울 것이다.

그래서 말이지만 남자들이 아름다움에다 돈을 쓰게 되는 게 아닌가. 그래서인지 남자는 전쟁터에 나가는 보무도 당당한 군인처럼인 태도다. 더 말하면 상황에 따라서는 아름다움을 보고 침만 흘릴 게, 담장 벽에 확 밀쳐놓고 입맞춤 공세를 펴는 것이다. 이 소설 내용을 보는 미혼 남성이라면 참고하라. 이런 문제에 있어 깊이 생각할 필요도 없다. 남자란 본시 생김새부터 공격적이기 때문이다.

"종근 씨…."
"그러면 아닌가요."
"그런 말 말고 손이나 이리 줘봐요."
나는 이제부터 오종근 씨 아내인 거요. 물론 결혼식이 남아 있기는 해도요. 주예선은 그런 맘이겠지만 그동안 누구에게도 내주지 않았던 보드라운 손으로 오종근 손을 따뜻하게 해주고, 주예선 손에 붙잡힌 오종근은 너무도 행복해서 예선 씨 손은 이리도 고와요 말할까 하다 만다,

"제 손 괜찮으세요?"

내 손이 노인 손도 아니고 아가씨 손이라 좋아할 건 짐작할 필요도 없겠으나 주예선은 오종근 표정을 보면서 말한다.

"그걸 저한테 물어요."

여자 손이라고는 아기 때 엄마 손밖에 만져보지 못한 것 같은데 손을 꼭 붙잡다니… 오종근은 온몸에 전율이 다 느껴지는지 주예선의 손, 영원했으면 싶은 주예선의 손, 너무도 고마운 손. 이제부터 내게 있는 모든 것 다 줄 테요. 아니, 더한 것도 말이요. 예선 씨 나 행복해요. 예선 씨는 이 오종근을 위해 세상에 태어난 천사요. 오종근은 주예선의 손에다 고맙다는 뜻으로 가벼운 키스를 하고, 그것을 본 주예선은 빙긋 웃기까지 한다. 오종근의 그런 미소를 보고만 있기는 아까웠을까, 주예선은 조수석에 앉은 채 오종근을 끌어안아 포옹까지 한다. 물론 출발하려고 차 시동만 걸린 상태이지만.

"그렇기는 해도요."

"그런데 저는 예선 씨 생각이 궁금해요."

"궁금한 게 뭔데요?"

"저는 예선 씨와 말도 안 될 만큼이잖아요."

그러니까 마녀와 야수 같은 그런 관계 말이요. 그런다는 것을 동네 분들도 말했을 거요.

"그건 말도 안 돼요."

저도 보는 눈이 있어요. 그런 말까지 여기서 말할 수는 없어도 사랑받기는 잘난 남편으로부터는 일회용일 수도 있어요. 그런 말까지는 결혼하고서 해도 되겠지만 부부의 사랑은 영원이어야 한다는 그동안의 생각이어요. 지금이 아니라. 주예선은 그런 맘인지 오종근을 사랑의 눈으로 바라본다.

"아니라니요?"

"제가 이런 말까지 해도 될지 몰라도 종근 씨는 우선 눈이 빛나요."

"아니, 제 눈이 빛나요?"

"그렇지요. 종근 씨 눈은 무슨 일이든 해내고야 말겠다는 그런 눈이에요."

"지금 한 말 고마우나 예선 씨가 보기엔 제 눈이 그렇게 보이세요?"

"그래요. 그러니까 처음부터요."

"처음부터요?"

"그래요, 처음부터요. 그래서 말인데 남자뿐만이 아닐 것이나 남자는 눈과 발걸음이 분명해야 하는데 종근 씨는 그게 만족이어요."

"그런 말은 칭찬하시는 말로 듣기는 하겠으나 민망하네요."

"종근 씨야 민망할지 몰라도 나는 사실을 말한 거요."

어디 여자라고 해서 아니겠는가마는 남자는 발걸음이 당당해

야 하고 눈이 빛나야 한다는 게 그동안의 생각이다. 그러니까 기
필코 해내고야 말겠다는 야무진 눈 말이다. 눈이 빛나는 남자치
고 흐트러진 걸음걸이를 가진 사람이 없음을 본다. 빛나는 눈에
는 물론 다혈질이라는 고약한 성미가 있을 수는 있다. 그렇기는
해도 남자는 보무도 당당한 군인 같아야 할 건 말할 필요도 없다.
나는 여자이고 단순 은행 직원이다. 그렇지만 시집갈 나이가 되
고 보니 남자 직원을 신랑감으로 보게 되는 건 어쩔 수 없다. 그
렇지만 내가 생각하는, 빛나는 눈을 가진 은행 직원은 아직 못 본
이유이기도 해서다.

"아이고, 칭찬 말이라도 기분은 좋네요."

"종근 씨 기분 때문에 한 말이 아니어요."

"저도 보는 눈이 있어요."

"아니, 보는 눈이라니요?"

그래, 착각일지 몰라도 칭찬은 그냥이 아닌 것 같다. 주예선의
지금까지 태도를 보면 내 얼굴이 어떻게 생긴 얼굴인지 거울을
다시 봐야겠지만 내가 못난 것만도 아닌가 보다. 그렇기는 하지
만 그리도 예쁜 손까지 만지게 하는 걸 보면 내 아내가 되기로 한
건 분명하다. 아무튼 오늘은 생각지도 못한 행복이다. 예선 씨 나
결혼하면 괜찮은 남편으로 살아갈 거요. 사랑해요. 그런 맘이겠
지만 주예선 이가 내준 손을 만지면서다.

"제 손 따뜻해요?"

"이미 밤이기는 해도 집에 일찍 가봤자 바쁜 일도 없는데 천천

히 갑시다."

"천천히 가자는 건 제 손 때문에요?"

"예선 씨 손 때문이기도 하고요."

"그러면 아예 차 안에서 자고 갑시다. 까짓거."

주예선은 오종근 기분을 맞추기 위해 한번 해본 말이다.

"차 안에서 자고 가요?"

"그러니까 제 손 때문이면요. 그건 그렇고 남자의 눈은 뭘 보기만 하는 것이 아니라서 묻겠는데 우리가 결혼하게 되면 종근 씨는 자식은 몇이나 둘 거예요?"

"자식 두는 문제요? 그런 생각까지는 못 해봤는데요."

"그러면 결혼하면 자식 안 둘 거요?"

"그거야…"

"무슨 그거야요. 자식 두는 문제는 당연한데요."

"자식 두는 문제까지는 결혼도 아직인데요."

"결혼이 아직이기는 해도 자식 두는 문제를 지금부터 생각해봐야지요. 그래서 내 생각을 말해볼게요."

"…"

아니, 자식을 두는 문제까지라니, 그런 말은 생각지 못한 느닷없는 말 아닌가. 그래서든 아직은 서로의 손만 만질 정도인데, 그러니까 결혼 상견례조차도 아직인 상태에서 말이다. 아무튼 뜻한 일 잘되길 바라는 마음이긴 하다.

"그러니까 종근 씨 형제들처럼 아들 둘, 딸 셋은 둘 생각이어요."

"그러면 내가 5남매라는 걸 어떻게 알고요?"

"어떻게 알겠어요. 그거야 송 목사가 말해서 알게 됐지요."

"그렇군요."

"5남매라는 말 누가 했든 상관은 없고, 생각해봅시다. 아들이 있어서 큰집 작은집, 거기다 막냇사위로서 큰형님 작은형님 이러면 얼마나 좋겠어요. 그래서요."

"그렇게는 나쁠 건 없겠지만 그래도 그렇지, 아들 둘 딸 셋까지는 키우기가 너무 힘들 건데요."

"힘이야 들겠지요. 그렇지만 키우는 재미도 있을 거잖아요. 깊이 생각할 필요도 없이."

"그렇기는 하겠네요. 이런저런 녀석들을 보면서."

"아무튼 저는 그렇게 만들 각오이니, 종근 씨는 싫다 말고 협조를 잘 해주셔야 해요."

말뿐이 아니다. 그것은 아버지 재혼으로 인한 일이기는 하나 두 지붕 아래 한 가정의 형태를 만들고 보니 그렇기도 해서다. 물론 가지 많은 나무에 바람 잘 날 없다는 말도 있기는 해도, 아무튼 이것이 결혼을 약속한 예비 부부일 테지만 오종근은 생각지도 못한 행복함이다. 행복이기까지는 큰형 친구 송정관 목사가 연결해준 덕이기는 해도 말이다. 아무튼 이제부턴 주예선을 위해 살아갈 각오다.

"알겠어요. 그렇지만 그렇게까지는 너무 어려울 건데 예선 씨는 그런다."

"그건 그렇고, 우리의 결혼 집을 어디로 하면 생각하세요? 그러니까 신혼집 말이요?"

"그거야 그동안 살던 제 집이 있기는 해도 새집을 마련할 생각인데 그건 또 왜요?"

"그것도 괜찮겠으나 우리 동생들과 같이 살면 어떨지 해서 하는 말이요."

"동생들과 함께면 저야 좋지요. 그런데 문제는 동생들도 좋다고 해야 할 거잖아요."

"동생들은 싫다고 안 할 거요. 그러니까 동생들이 우리를 따라가는 형식의 이사도 아니잖아요."

"그렇기도 하네요. 아무튼 저는 좋으니 그렇게 하기로 결론 내립시다."

"그래요. 그러나 제 생각에 따르도록 강요한 것 같아 미안해요."

"미안이라니요. 그건 말도 안 돼요. 저는 생각지도 못한 좋은 일인데요."

"고마워요."

"고맙다 말은 예선 씨가 아니라 제가 할 말이요."

"저도 아니어요. 아무튼 그런 생각까지는 친엄마가 절실한 나이들이라 그래서요."

"안 계시는 친엄마요?"

"그러니까 저는 엄마가 없는 집 장녀라서요."

"그래요. 저는 그런 점도 이해하고 살아갈게요."

"고마워요, 사랑해요."

"저도 사랑해요."

"그리고 참, 결혼식을 마치면 신혼여행은 가야지요?" 주예선 말이다.

"그거야 당연하지요. 근데 신혼여행은 어디로 갈까요?"

"신혼여행을 어디로 가야 할지 저는 잘 몰라요. 신혼여행 말만 꺼냈을 뿐이어요."

"그러면 말이요. 모세와 관련한 홍해 바다 구경도 괜찮을 것 같은데 예선 씨는 어때요?"

"그러니까 신혼여행을 해외로까지요?"

"그렇지요. 해외로 말이요."

"해외로까지는 너무 멀다. 물론 걸어서가 아니기는 해도요."

"해외로까지는 너무 멀다 그런 말은 혹시 돈 아끼자 생각은 아니겠지요?"

"그건 아니에요. 국내 여행도 못 해서 하는 말이요. 그래서 말인데 저는 제주도로 갔으면 해요. 해외 여행은 아껴두었다가 애들 다 큰 다음에 하고요."

"애들 다 키워놓고까지는 누구 말마따나 다리가 후들거릴 나인데요."

"그러니까 늙어 힘들어 못 갈 거라는 거요?" 주예선 말이다.

"그러면 아니라는 거요?"

"우리가 왜 늙어요. 다른 사람은 몰라도요."

"그래요. 우리는 죽으면 죽을지언정 늙지는 맙시다."

"죽으면 죽을지언정 말은 아니다."

"생각해보니 그러네요. 내가 말 잘못했네요. 아무튼 신혼여행은 제주도로 가는 걸로 합시다."

오종근은 그렇게 해서 주예선 집 앞까지 가서 차를 좀 안전한 곳에 세워놓고 같이 내린다. 그렇지만 오종근은 숙맥은 어쩔 수 없음인지 혹 누가 보기라도 할까 봐 손 인사만 한다. 결혼하기로 이미 약속한 청춘 남녀라 말할 사람 누구도 없을 것이지만 오종근은 아직도 숙맥 생각을 버리지 못함일까. 어떻든 오종근은 손 인사만으로 집에 돌아와 잘 도착했다는 전화를 부모님께 건다.

'따르릉, 따르릉.'

"여보세요."

"엄마, 나여. 그런데 엄마는 전화 금방 받네. 엄마는 내 전화 오길 기다렸어?"

"그걸 말이라고 하냐."

이것아, 그게 부모인 거다. 그래서 생각이지만 종근이 너도 자식을 두어봐라. 자식을 두게 되면 엄마 맘을 알게 될 거다. 네 형이 들으면 섭섭하다 할지 모르겠으나 네 형은 전화가 없어도 잘 갔을 거다, 그런 정도였는데 막내 너는 그게 아니다. 엄마 젖을 늦게까지 그러니까 네 살까지 먹어 그런지는 몰라도.

"말이 아니기는 하지. 아무튼 엄마, 나 잘 도착했어."

"알았다. 전화 끊지 말고 기다려라. 네 아버지 바꿀게. 여보, 전화 받아요. 막내 전화요."

남편에게 전화기 건네기는 손만 뻗어도 될 바로 옆이지만 오종근 엄마는 습관대로 일어서서 건넨다.

"그래. 아버지다. 잘 갔냐? 피곤할 텐데 그만 끊고 쉬어라."

"예, 아버지, 편히 쉬세요."

"알았다. 전화요금 많이 나오겠다. 이만 끊는다."

"예, 아버지."

"전화요금이 얼마나 나온다고 전화요금 말까지 하세요." 오종근 엄마는 불만의 말이다.

"잘 갔으면 됐지, 할 말도 없는데 마누라가 무슨 찐짜(구시렁댄다는 전라도 방언)까지여!"

"찐짜가 아니어요. 아무튼 영감이 본 막내며느릿감은 어땠어요?"

"그거야 살아봐야 알지, 얼굴만 보고 알겠어, 안 그래?"

막내아들 장가 문제가 걱정이었다가 예비 며느리 인사까지 받았으니 그런 면으로는 맘이 놓이나 좀 찜찜한 데가 있다는 건지 오종근 아버지는 탐탁지 않다는 말까지 한다.

"나는 여간 예쁘지 않던데요."

"여자가 너무 예쁘면 바람 탄다는 말 당신은 못 들었을까?"

"그러면 나는요?"

"그거야 당신도 엄청 예쁘지. 그렇지만 미울 때도 있어."

"미울 때는 그러니까 당신이 요구하는 문 쉽게 안 열어주어서요?"

"그런 말까지는 아니고, 아무튼 당신을 바람 타지 않게는 했지."

말이야 그랬지만 내 마누라도 괜찮다. 짜식들은 내 마누라가 너무도 예쁜지, 우물가에 있으면 가던 길도 멈추고 쳐다보기도 했다. 그렇다고 남의 마누라 왜 쳐다보냐고 말할 수도 없어 신경이 쓰이기도 했다. 그래서인지 생각해보면 남자에겐 누가 뭐래도 예쁜 게 최고다. 그래서 말이지만 여자는 예쁜 것 한 가지만으로도 대재벌 며느리까지 되는 오늘날이지 않은가. 그러니까 초상권이라고 말할 수도 있는 미모 말이다.

"나도 그동안은 괜찮다는 말도 들었는데 이젠 이게 뭐야, 화장발도 잘 안 받고…." 오종근 엄마는 혼잣말처럼 말한다.

"이젠 화장발 안 받을 나이인데 당신은 그게 불만인 거여."

"불만이 아니라 요것들 키우느라 다 늙어버렸는데도 당신은 어떻게 된 셈인지 아직도 힘이 남아돌아요."

"아직도 힘이 남아돌다니, 그게 뭔 소리여. 힘이 약하면 곧 죽을 거잖아. 그래서 말인데 내가 죽으면 당신은 어떻게 되는 줄 알아?"

"아니, 불알 힘이 약하다고 곧 죽어요? 말도 안 되게."

"마누라가 말이 너무 많다."

"솔직히 말할게요. 영감이야 좋을지 몰라도 나는 죽을 지경이요. 그러니 좀 쉬엄쉬엄 하세요."

"쉬엄쉬엄이라니, 말도 안 되게. 나는 종근이가 막내가 아니길 바라기까진데."

이런 일에 마누라는 아니라고 하겠지만 마누라는 밥만 지어주는 그런 마누라가 아닌 거여. 돈 많이 벌어 오라고 그만한 서비스도 해주는 게 바로 마누란 거여. 물론 나야 돈 벌어다 주는 남편이 아니기는 해도 말이여.

"아니, 당신은 종근이가 막내가 아니기를 바라요?"

"그거야 아니지만 그렇다는 거여."

"그렇기는 해도 보고 싶은 드라마도 볼 수도 없게 해서는 안 되는데."

"드라마가 밥이 나와, 돈이 나와. 당신이야 듣기 싫겠지만 말이여."

　건강한 이유인지 몰라도 편안한 밤 보내려면 마누라 손 붙들지 않고는 잠들기 어려워서다.

"그동안 많이 써먹었으면 물릴 때도 됐겠구먼. 영감은 아직도요."

"어허…."

"어허는 무슨 어허요."

"또, 또…."

"알았어요."

"그런데 당신은 같은 여자라 막내며릿감을 어떻게 봤는지 몰라도 내가 보기엔 나는 아니더라고."

"어디가 아니게 보였는데요?"

"여자가 예쁘기는 해야겠지만 막내며릿감으로는 너무 예뻐서."

"막내야! 네 아버지 말 들리냐?"

"별말도 아니구먼, 당신은 그래 쌌네. 아무튼 우리가 부모이기는 해도 다 큰 자식을 어떻게 하겠어. 그만 자자고."

"나는 드라마도 보고 잘 건데요."

"드라마 보고 있으면 잠이 안 와서 그러는 거여."

"나를 또 품으려고요?"

"여자가 말이 많다."

평산댁인 내 마누라는 친인척도 없는 포로병 처지일 뿐인 사람을 무엇이 좋다고 시집까지 와 아들딸 다섯이나 낳아준 것이다. 그렇다면 고맙다는 말 입에 달고 살아도 모자랄 판국에 여자가 말이 많다는 말까지 해버렸으니 어쩌면 좋냐. 오종근 부친 오재명 씨는 그런 생각인지 이불을 아내에게 더 덮어준다.

"알았어요."

"그런데 말이여. 며느릿감이 몇째 딸인지 모르겠네."

몇째 딸인지 모르겠네 하는 오종근 부친의 말은 나름의 생각이 있어서다. 그러니까 가족이 많은 집 막내딸은 망아지처럼 할 가능성이 있고, 장녀는 그렇지 않은 엄마의 살림살이를 배우게 된다고 해서다.

"절만 받지 말고 몇째 딸이냐고 물어도 보고 그러시지 그랬어요."

"장녀냐고 어떻게 물어. 절 받는 어른 체면도 있지."

"체면이요?"

"그래, 체면. 그건 그렇고 맘에 안 드는 건 여자가 키가 너무 크더라고."

"크기는 해도 아기를 낳으면 크게 낳을 것 같은데요."

우리 막내가 다른 건 나무랄 데 없는데 남자로서 키가 좀 모자란 게 엄마로서 그게 미안하다는 듯 남편을 쳐다보면서다.

"아기는 크게 낳게 될지 몰라도 우리 막내와는 안 맞아."

"그러니까 안 맞는다는 건 키 차이가 난다는 거요?"

"그렇지, 키 차이지. 막내를 만든 애비로서 할 말은 못 되나 남편으로서 잠자리가 좀 그래서인지도 모르겠어."

남편으로서 잠자리가 좀 그래서인지도 모르겠어 하는 말은, 부부끼리 농담은 삶의 활력소가 되기도 할 거라는 생각에서 하게 되는 말이지 않겠나. 그래서 생각이나 부부끼리는 고리타분한 도덕적 말은 하지 마라. 이혼의 불씨가 될 수도 있으니 말이다.

"당신은 잠자리가 그리도 중요해요?"

"당연히 중요하지. 잠자리 얘기가 나와서 말이지만 부부란 뭐여. 잠자리가 부족하지 않아야 자식이 태어나는 거고 말이여. 내 말이 틀려."

"틀린 말은 아니나 당신은 날마다 잠자리 연구만 하는 거요?"

"어허, 그런가 보다 하면 될 걸 가지고."

"알았어요."

오종근 부모는 그렇게 해서 상견례 날짜에 맞춰 큰아들 집으로 가 하루를 묵은 다음 막내며느릿감을 얻는데 상견례 자리에서다.

"안녕하세요. 저는 주예선 아비 주동성입니다. 처음 뵙습니다."
신붓감 주예선 아버지 인사말이다.

"아 예, 안녕하세요. 저는 오종근 아비 오재명입니다. 저도 마찬
가지로 처음 뵙습니다. 반갑습니다." 오종근 부친도 정중한 태도
의 인사다.

"이런 일은 더할 수 없이 기쁜 일이라고 저는 그렇게 생각합니
다." 신붓감 주예선 아버지 말이다.

"저도 그렇습니다. 그런데 저는 시골 출신이라 아무것도 모릅
니다. 양해 바랍니다."

"아니에요. 저는 도시 사람이기는 해도 아무것도 모릅니다."

"옆에다 두고 하는 말이지만 귀한 따님을 제 며느리로 삼게 해
주시니 우선 감사 말씀부터 드립니다."

"저도 마찬가지 당당한 아드님을 제 사위로 삼게 해주시니 감
사할 따름입니다."

"아들을 둔 부모들마다는 다 그러리라 싶지만, 제 막내 장가보
내는 문제 때문에 조금은 걱정했는데 감사하게도 오늘입니다."

오종근 부친은 막내아들 장가보내는 문제 때문에 걱정했다는
말까지는 하지 말 걸 했는지 어색해하는 표정이다.

"그리고 오늘날은 성씨 본을 따지는 시대가 아니기는 하나 저
는 경상도 상주가 제 본입니다."

"아, 그러세요. 저는 해주가 제 본입니다."

"해주가 본이시면…."

"예, 저는 아니게도 포로병입니다."

"아이고, 그러시면 전쟁통이라 위험한 일도 많이 겪으셨겠는데요."

"그렇지요. 그러나 다행이라고 할까, 하나님의 도우심 일지 몰라도 5남매까지 두게 됐습니다."

"그러시군요. 이건 엉뚱한 말일지 몰라도 본이 해주라고 하시니 생각이나 이승만 정부 시절 검사를 지낸 오제도 검사도 해주가 본이라는데 보셨는지요?"

"못 봤습니다. 남북이 갈라진 상황에서 오제도는 남한 검사라 만나보기까지는 못했으나 그리 멀지만 않은 일가라 관심은 있었지요."

"그러시군요. 이건 역사로 기록이 남아 있는지 확인까지는 못했으나 오제도 검사는 참 대단한 인물입니다. 그러니까 오제도 검사는 일본 오사카 대학에서 법 공부를 했고, 귀국해 평양에서 법원 공무원으로 근무를 하게 되는데 돌아가는 남북 상황이 심각함을 느끼자 곧 자리를 그만두고 한경직 목사께서 세운 교회에서 신앙생활을 했다고 하네요."

"오제도 검사가 한경직 목사님이 세운 교회에서 신앙생활을 했다면 한경직 목사님 영향을 많이 받았겠습니다."

"그렇겠지요. 그런데 오제도 검사는 대한민국을 지킨 분으로 저는 알고 있습니다."

"그렇군요. 종근이 너 지금 무슨 말씀을 하고 계시는지 잘 들어라."

"아니에요, 아무튼 시간이 있으니 더 말한다면 김일성은 소련 스탈린을 등에 업고 북한을 장악하고, 박헌영은 나름의 수법으로 남한을 장악하려 합니다. 그러나 박헌영은 스탈린을 등에 업은 김일성처럼 못 된 상황에서 조직을 만들어야만 해서 가짜 돈을 마구 찍어냅니다. 물론 극비리에 말이요. 그러니까 일본인들이 쓰던 돈 찍는 기계로 말이요. 그러기까지를 살피면 이렇습니다. 우리나라가 그리도 바라던 광복이 드디어 1945년 8·15광복이 이루어집니다. 광복이 이루어지자 이런저런 이름의 단체들이 등장함은 물론이고, 박헌영이가 이끄는 남로당도 등장하게 되는데 문제는 남로당 운영 자금입니다. 그래서 박헌영은 그동안 일제가 돈 찍던 인쇄소를 위조지폐 발행장소로 사용하였다, 그리 되어 있어요. 물론 신문에서 본 내용이지만 말이요. 아무튼 그렇다는 것을 오제도 검사가 알아내 박헌영이가 이끄는 남로당 조직책 우두머리급 홍민표를 포함 다섯 명을 오제도 본인 집으로 불러 저녁을 대접합니다. 그것을 알아차린 박헌영은 위조지폐 발행 사건으로 미군정에서 체포령이 내려지자 죽은 시체로 위장하여 상여를 멘 남로당원들에 의해 38선을 넘어 북으로 도망쳤다고 합니다. 박헌영이가 도망치기까지는 홍민표 일행에게 대접할 밥상이 너무도 부실한 것 같아 남편 오제도 검사는 아내에게 말하길 '아니, 귀한 손님이 오실 거라고 말한 것 같은데 시장에 안 간 거요?' '미안해요. 시장에 갈 돈이 없었어요.' 손님으로 간 입장으로서 그 말을 듣자 사실인지 두 명은 화장실 가는 척하고 나가 이곳저곳을 살피니 쌀조차 조금밖에 없음을 보고 진짜 청렴한 검사구나 했다네요. 아무튼 그런 청렴은 차치하고라도 오제도 검사는 말하길 '우리가 이러면 안 됩니다. 박헌영이가 누군지부터 알아야 합니다. 그러니까 박헌영은 붙잡히기 적전에 놓여 있어요. 체포령이 떨어졌으니 여러분은 그런 줄 아시고 전향들 하십시오. 이런 말은 제가 검사라서 하는 말이 아닙니다. 여러분들이 처한 지금의 상황은 목숨 부지도 위태롭다는 걸 무시하지 마십시오. 그래서 말이지만 박헌영은 독에 가두어진 쥐나 다름이 아닌데다 붙잡히는 날엔 다른 나라 법도 아닌 대한민국 법으로 다스려지게 될 겁니다. 그러니까 처형 말입니다. 처형은 여러분들이라고 해서 예외가 될 수는 없습니다. 그래서 죄송하지만 저는 그런 자들을 처벌하는 중심에 서 있는 검삽니다. 이건 결코 협박이 아닙니다. 다시 말이지만 여러분은 그동안의 조직 관계자들을 알고 계실 테니 곧 찾아가 설득하십시오. 물론 전향하라고요. 저는 검사로서 그분들 명단도 가지고 있습니다. 그래서 말이지만 그분들이 만약 전향도 안 하고 버티기만 해서는 어떤 결과가 초래될지 설명이 필요 없습니다. 그러니까 피해는 본인만이 아니라 가족까지일 것은 짐작까지 필요하겠습니까. 아무튼 저는 여러분을 믿겠습니다. 그런 점에서 저는 한경직 목사가 세운 영락교회 장로서 하나님께 기도 한번 하겠습니다. 하나님 아버지, 우리 민족이 그리도 바라던 해방은 맞았으나 기뻐하기도 전에 분단이 되고 말았습니다. 그러기에 우리 국민은 어찌할 바를 몰라 고민 중인 일부 백성을 자기 수중에 넣고 요리하려는 악질적 사람이 있습니다. 그래서 생각을 잘못했다가는 피해가 너무도 클 것 같으니 하나님께서 지켜주소서. 예수님 이름으로 기도합니다.' 오제도 검사 기도가 효과로 나타났다고 말할 수는 없어도 그들은 훗날 영락교회 장로가 되기도 했는데 이것이 제가 말한 오제도 검삽니다. 그러니까 곧 해주 오씨 말이요."

"그렇군요. 생각지도 못한 아주 귀한 말씀을 들었습니다. 그렇기는 저는 같은 해주 오씨이면서도 오제도 검사라는 이름만 알고 있었을 뿐이라서입니다."

"제가 너무 아는 척했는지 모르겠습니다만 이런 얘기는 우연찮은 기회에 기사를 본 내용입니다. 아무튼 이렇게 좋은 만남의 자리에서 정치 얘기를 해서는 안 되겠지만 조금 전에 했던 박헌영 얘기를 마무리 짓자면, 박헌영이가 의도한 남한 조직이 와해되자 박헌영은 곧바로 북으로 도주하게 되고 김일성은 박헌영을 2인자 자리에까지 앉히게 됩니다. 박헌영을 2인자 자리에 앉히기는 했으나 통치 속성상 제거 대상이지 않겠습니까. 그래서인지 박헌영은 며칠 후 제거가 됩니다. 그런 얘기를 더 하면 이렇습니다. 오제도 검사는 박헌영의 조직이면서 대구 총책인 이재복 목사도 찾아내게 됩니다. 그러니까 아무리 검사라도 사형장에 끌려가게 해서는 안 되겠지만 국가 문제와 개인 문제는 달리해야 한다는 게 오제도 검사의 소신이었는지 공산주의자인 영천교회 이재복 목사를 찾아가 간청하는 말이, '목사님은 설교를 하늘나라에 가자고 하십니다. 성도들은 목사님의 설교를 아멘으로 받아들이고 신앙생활을 할 겁니다. 그렇다면 이 목사님은 양심에 비추어 이젠 아니라고 말씀하셔야 함은 물론, 그러실 자격이 목사님께 있다고 저는 생각합니다. 목사님은 그런 점을 참고로 하십시오. 그래요, 제가 검사이기는 하나 목사님 앞에서는 성도일 뿐이기에 이런 말까지 해도 될지 몰라도 저는 한경직 목사님이 세운 영락교회 장로이기도 합니다. 그래서 말이나 대구지역 남로당 조직 명단을 제게 주십시오. 그것은 그들을 붙잡아 처단할 목적이 아니라 그동안의 잘못된 생각을 바꿔 전향토록 할 목적이기 때문입니다.' 오제도 검사 말을 들은 이재복 목사는 심경의 변화를 일으켰음인지 내일 다시 만나자 했고, 오제도 검사는 대구 지역 남로당에 가입한 자들을 체포했는데 남로당 조직에 가입된 숫자가 무려 6백여 명이나 됐다고 합니다."

"6백여 명이나 된다면 어마어마한 숫잡니다. 그러니까 그들은 땔나무꾼들이 아닐 거잖아요."

"땔나무꾼들이 아니겠지요."

"북한에서는 그때까지만 해도 태극기를 국기로 사용했어요. 그랬는데 어느 날은 집에 있는 태극기 다 가져오라더니 인공기로 교체해주는 거요. 그러니까 제가 고등학생 때입니다."

"그랬군요. 그러면 인민군 입대도 이십 대가 아니라 십 대잖아요."

"그렇지요. 열여덟 살 때지요."

"그러셨군요. 전쟁이란 이렇게 잔인해요."

"잔인하고 말고요. 군인은 사람이 아니라 군 병기이지 않습니까."

"이건 너무도 아픈 부분이라 여쭤보기조차 죄송한데 고향 생각이 너무도 그리울 텐데 이산가족 상봉 신청은요?"

"이산가족 상봉 신청이야 했지요. 그렇지만 신청 숫자가 너무 많아서인지 제 차례까지는 아직이네요."

"그러시면 다음번에 차례가 꼭 되시면 합니다. 그런데 어르신들은 계실까요? 물론 계시까지는 세월이 너무 많이 흘러버리기는 했어도요."

"그래요. 세월이 너무 많이 가버렸네요."

"그래서 생각인데 부모님 산소라도 봤으면 해요. 그렇지만 휴전선이 무너지기 전에는 불가능한 일이라 사진만이라도 봤으면 합니다."

"그러시겠지요. 그러면 오 군은 참고로 어느 경로를 통해서든 아버지 고향 사진과 조부모님 산소 사진을 구해보도록 노력을 해봐."

"아, 예."

"그건 제가 힘써볼게요." 부모님끼리 주고받는 얘기를 듣고만 있던 예비 신부 주예선 말이다.

"힘써보겠다는 말은 그럴 만한 사람이 있다는 건가?" 새엄마 표 인숙 간호사 말이다.

"그럴 만한 사람은 없지만 말을 들으면 탈북을 시켜주기도 한다는 브로커를 통해서라도요."

"그렇게만 해주면야 이산가족 상봉이 아니어도 죽을 때 눈 감기가 억울하지는 않겠다. 그래서 말이지만 나 오늘부터 말 놓을게."

"감사해요. 아버님."

주예선은 일어서서까지 인사를 한다. 그것을 본 예비 시부모나 친정 부모는 엉뚱하다 싶어서인지 어리둥절하기까지다. 이것을 두고 생각지도 못한 돌발상황이라고 하겠지만 예비 신부 주예선의 돌발 인사는 결혼을 앞둔 신세대들에게 말해주고 싶기도 하다.

"고마워." 오종근 엄마 말이다.

"고맙기는요. 당연한 일인데요. 그리고 오 군은 기아자동차 회사 직원으로서 모범상을 한 번도 아닌 두 번이나 받았다면 자랑스러운 일로 그러기까지는 해주 오씨 유전자일 것입니다. 그러니까 어느 날 갑자기 하늘에서 뚝 떨어진 게 아니라는 겁니다." 예비 장인 주종성 씨 말이다.

"그럴지는 몰라도 오늘을 만들어주신 일 너무도 감사합니다." 오종근 부친 말이다.

"저도 마찬가지로 감사합니다. 그런데 벌써 해본 생각이기는 하나 한 가지 제안을 드릴까 합니다. 제안이란 다름이 아니라 결혼식 준비물이라고 할까요, 그러니까 주고받는 예단 같은 건 없는 걸로 하면 어떨까 합니다."

"아이고, 감사합니다. 저는 나이 때문인지 몰라도 아무것도 하기 싫은데 그렇게는 반가운 말씀입니다." 이번엔 오종근 엄마 말이다.

"말이 나왔으니 저도 한 가지 제안입니다. 명절 때 주고받는 선물인데 그런 선물도 없는 걸로 하면 어떨까 싶습니다. 그것은 모든 것이 전날처럼 부족하지 않은 시대이기 때문입니다." 주예선 새엄마 말이다.

"당연한 말씀입니다. 앞에서 말한 대로 시장에 가면 없는 것 말고는 다 있다는 노랫말도 있잖아요." 오종근 엄마 말이다.

"다 옳으신 말씀인데 오늘 얘기에서 중요한 건 결혼식 날짠데 결혼식 날짜는 언제가 좋을까요?" 주예선 아버지 말씀이다.

"언제라기보다 토요일이라야 하지 않겠어요."

"그렇기는 하지요. 그러면 날짜는요?"

"날짜는 저는 농촌 사람이라 그런 점도 있기에 크리스마스 즈음이면 어떨까 합니다. 동네 분들도 생각해서요."

모든 것이 문명화된 오늘날이야 아니겠으나 전자제품조차도 없던 시절 이웃집 아들 결혼식은 동네 잔치다. 그동안 구경조차도 어려웠던 돼지비계 살도 맛보고 그랬기 때문이다.

"그러면 결혼식 날짜는 크리스마스를 기준으로 합시다. 도시야 어느 때고 괜찮으니까요. 그래서 생각인데 북한 결혼식이 궁금해지네요. 물론 전날 말이요."

"북한 결혼식도 우리 남한과 별반 다르지 않나 싶어요. 물론 예단 같은 것도요."

"그렇군요."

"그렇지만 오늘날은 우리 남한 결혼식과는 전혀 다른가 싶네요. 그것은 김일성 동상에 꽃다발을 바치는 형식을 취하는 장면을 보면 말이요."

"그래요, 그건 아니지요. 이런 얘기에서 설명이 필요하겠습니까마는 성장한 자식은 부모 곁을 떠나 새로운 삶을 살아가야 할 젊은이인데 말이요. 그러니까 선한 결혼식을 정치적으로 이용해서는 안 될 건데 북한은 아직도 그런가 보네요."

"그렇기는 해도 신혼여행은 있겠지요?"

"신혼여행이야 있겠지요. 그렇지만 우리나라처럼 해외 여행까지가 못 된다면 그게 신혼여행이겠어요."

"그렇기는 하지요."

"북한 사정은 그러니까 저는 포로병 입장이기는 해도 남한 사람으로 살아가는 게 복이라고 저는 생각합니다."

"그런데 주무실 때 고향 꿈도 꾸게 되시지요?"

"고향에 갈 수는 없으니 꿈이라도 꾸어지면 싶지만 그런 꿈은 아직이네요. 제 맘이 완악해서인지."

"그럴 수야 있겠어요. 너무 간절해서 그러시겠지요."

"아무튼 결혼식 날짜 문제는 제 장남과 의논하시면 합니다."

"알겠습니다. 그렇게 하겠습니다."

"예, 그렇게요."

"그러면 결혼식에서 다시 뵙기로 하고. 오늘은 이만 일어서겠습니다."

"오늘 상견례가 있게 만드느라 수고했다." 오종철 부친은 막내까지 결혼시키게 됐다는 흐뭇한 맘에서 말한다.

"수고는 무슨 수고예요. 그동안 바라던 좋은 일인데요."

"그렇기는 하다만, 나는 구경만 하게 돼서다."

"아니에요. 그런데 오늘 상견례 자리에서 보신 느낌은 어떠세요?"

"느낌…?"

"그러니까, 사돈이 될 사람과 막내며느릿감을 보시고 만족하셨느냐는 거지요."

"만족까지는 모르겠고, 가족사항은 못 물어봤는데 몇째 딸이냐?"

"삼 남매 중 장녀래요. 더 말하면 재혼 가족이라 따지고 보면 다섯 남매 중 장녀인 셈이어요."

"아니, 재혼 가족이라 다섯 남매 중 장녀라니…?"

재혼 가족에서 장녀면 동네 말썽꾸러기처럼은 아니기는 하겠다만 좀 복잡한 결혼은 아닐지 모르겠다. 아무튼 가족이 많은 가정에서 태어난 장녀는 동생들을 잘 돌보기도 하는, 그러니까 살림꾼이라지 않느냐. 오늘 상견례 자리에서도 본 며느릿감을 그런 점으로 보면 믿고 싶기는 하더라. 그동안 생각지도 못한 북에 두고 온 고향 사진이라도 볼 수 있게 하겠다고 말한 걸 보면 말이다. 아무튼 믿든 못 믿든 날짜까지 받았으니 며칠 후면 막내며느리가 되기는 하겠지만 아들이든 딸이든 펑펑 잘 낳고 누구 며느리처럼 말썽부리지 않고 살았으면 좋겠다. 동네에서도 칭찬받는 그런 막내며느리 말이다.

"아직은 더 두고 봐야겠지만 막내 제숫감은 여간내기가 아닌가 봐요."

"여간내기가 아니라니 그게 무슨 말이야?"

"그러니까 막내 제숫감은 재혼 가족이기는 하나 재혼 가족이 아닌 것처럼 만들기까지 했다고 해서요."

"재혼 가족이지만 재혼 가족이 아닌 것처럼이라는 말은 또 무슨 말이야."

"그러니까, 두 가정이지만 한 가족처럼 살아간다는 거지요."

"그 말도 나는 무슨 말인지 모르겠다. 아무튼 오늘 상견례는 그 냥 그렇더라. 다만 그동안 몰랐던 우리와 같은 오씨인 오제도 검 사 얘기도 들었지만 말이다."

"그러셨어요? 오제도 검사 얘기는 저도 어느 정도 알고 있기는 해요."

"그런데 그냥 그렇더라가 뭐예요. 좋더라, 싫더라 그러셔야지." 얘기를 듣고만 있던 오종근 엄마 말이다.

"나는 뭐가 뭔지 도통 모르겠는데 종철이 네가 본 제숫감은 어 떻더냐? 물론 상견례 자리에서 본 태도로는 괜찮다 싶기는 하더 라만."

"아버지가 보셨으면서 제게 물으세요. 그리고 아버지로서는 효 도도 받을 만한 며느릿감이라는 것을 말했잖아요."

"효도도 받을 만한 며느릿감?"

"예, 그래요. 제가 본 제숫감은 종근이가 무슨 복을 탔나 했어요."

"종철이 네가 그렇다면 그런 줄로 알겠다만 결혼하겠다고 집에 왔을 때 네 엄마는 영화배우처럼 예쁘게 생겼다고 하더라. 그렇지만 나는 어쩐지 아직도 미덥지는 않다."

"엄마는 막내며느릿감을 보고 영화배우처럼 생겼다고 했어요?"

"아니야, 네 아버지가 하시는 말씀이야."

"아니기는 뭐가 아니요. 내 귀로 분명히 들었구먼."

"아무튼 엄마가 보신 막내며느릿감으로는 괜찮지요?"

"괜찮겠지."

"괜찮겠지가 뭐예요. 아니면 아니라고 해야지."

"그렇기는 해도 나도 잘 모르겠다."

"잘 모르겠다는 말씀은 괜찮다는 말씀 아니요. 아무튼 일단은 상견례까지 마쳤으니 결혼식만 남았네요."

"그래, 잘살기나 해야 할 텐데… 아무래도 걱정은 된다."

아무래도 걱정은 된다 하는 오종근 부친의 그런 말씀은 누구든지일 거다. 그러니까 부모 걱정은 무덤에 들어가서야 비로소 끝일 것이기 때문이다. 그래서든 세상에 내 자식보다 더 잘난 놈 있으면 나와보라고 자랑은 해도 부모로서는 늘 조마조마한 건 어쩔수 없기 때문이다.

"네 엄마만 걱정이 아니야. 나도 걱정이다."

"다시 말이지만 걱정 안 하셔도 돼요."

"그래야 되겠다만 얘기를 들으면 안 좋은 말도 들어서 그런다."

"무슨 안 좋은 말씀인데요?"

"그러니까 예쁜 여자가 가방을 들쳐 메고 집을 나서는 시간부터는 남의 마누라도 된다는 말을 들어서다."

"그런 말 저도 듣고 있어요. 그러나 막내 제숫감은 그렇지 않을 거요."

"당연히 아니어야지."

"아버지는 송정관 목사가 누군지 아세요?"

"초등학생일 때 보기는 한 것 같다만 지금은 얼굴을 봐도 잘 모를 것 같다."

"송 목사는 초등학생일 때이기는 해도 아버지도 인정하시던 그런 친구예요."

"그렇기는 해도 사람 소개까지는 아닐 거잖아."

"그렇기는 해도요."

"내가 말하는 건 모양만 봐서일 거라는 거야."

괜찮아 보이니 소개해보라고 말은 쉽게 하지만 결혼자 소개처럼 어려운 게 또 있을지 모르겠다. 결혼자 소개를 해준 것이 결과적으로 이혼이라는 듣기 고약한 말을 듣기라도 하면 후회되기 때문이다. 그래서 결혼식을 치르는 날부터 탈 없이 살아야 할 텐데… 그런 걱정이 먼저라지 않은가.

"제 동생인데 송정관 목사가 예쁜 것만으로 소개했겠어요."

"그렇기는 해도 잘 모르겠다."

"얼굴만이 아니라 속도 좋으니까 소개한 거예요."

"네 말을 들으면 그럴 것 같기도 하다만 모르겠다."

"아버지, 저는 제숫감을 믿어요. 며칠 전에 집에까지 와서 안사람과 무슨 말을 했는지는 몰라도 서로 웃는 것 같더라고요."

"그래? 듣기 좋은 말이다. 동서끼리는 그래야지. 그리고 술 한 잔 더 없냐?"

"아, 예."

큰아들 오종철은 미처 생각 못 했다는 듯 곧 나가려고 한다.

"여기서는 좀 참으시오." 오종근 엄마 말이다.

"어허, 기분이 나쁘지 않아 한잔하겠다는 거지 다른 뜻은 아닌 거여."

큰아들은 아버지가 좋아하실 산낙지까지 사 온다.

"아버님, 작은 상이 없어 큰 상이요."

"괜찮다. 그런데 애미야!"

"예, 아버님."

"잠깐만 앉아봐라."

"예, 아버님."

술상을 차려온 맏며느리는 오랜만에 오신 시아버지 눈치를 보며 시어머니 곁에 바짝 붙어 앉는다. 그럴 것이다. 시아버지 앞에서는 옷차림이든 화장이든 심지어 발걸음조차도 조심일 것이기 때문이다. 아무리 개방된 사회라고 해도 말이다. 그런 일에 말할 필요까지 있겠는가마는 시부모지만 며느리로서 공경의 끈은 놓지 말아야 할 가정윤리다. 후손 대대로까지 이어져야 할 가정윤리 말이다.

"다름이 아니라 네 동섯감 봤냐?"

"그러니까 개인적으로요?"

"그래, 개인적으로."

"예, 봤어요."

"그러면 언제?"

"며칠 전에 집에 왔었어요."

"그러면 네가 본 동섯감은 어떻더냐?"

"괜찮아 보였어요, 그런데 저보다는 도련님이 좋아야겠지요."

"그렇기는 하겠지. 그렇지만 동서끼리도 좋아야 해서다."

"아, 예."

"그런 얘기는 그만하시오. 진성이 엄마(큰며느리) 힘들겠구먼."

"그래. 이런 말도 언제 또 하겠냐. 네 막내 시동생 장가드는 문제라 하게 되는 게지."

"아니에요. 아버님."

"내가 말 안 해도 애미 너는 손윗동서라 잘할 줄로 알겠다만 세상을 살아본 어른이기도 하다. 그래서 말인데 좀 부족하다 해도 언니 입장으로 품어주어라."

"명심하겠습니다, 아버님."

"내 얘기는 이상이다. 상도 치워라."

"술 남아 있는데요."

"아니다. 그만 마실 거다. 참, 그리고 진성에게도 말해라. 작은 엄마에게 인사도 잘하라고."

"어련히 할까 봐 그런 말까지 다 하세요." 오종근 엄마 말이다.

"그래. 잔소리이기는 하다만 그렇다."

건성으로 흘러들어서는 안 될 시아버지 훈시를 맏며느리는 듣고만 있다.

"아버지는 이제 막내며느릿감으로 믿어지세요?" 큰아들 오종철 말이다.

"믿어야겠다만 잘살기나 해야 할 텐데, 모르겠다."

"못 믿을 이유 없어요. 엄마는 안 그렇지요?"

"나도 모르겠다."

"아까도 말했지만 송정관 친구가 잘 봤으니까 우리 종근이한테 소개를 했을 거요. 그러니 한번 믿어나 봅시다."

"믿어야지. 믿지 못해서야 되겠냐. 그리고 결혼식 문제는 종철이 네가 알아서 해야겠다."

"예, 제가 알아서 할게요."

어쨌든 표인숙 간호사는 주예선의 새엄마로서 그렇게 해서 오종근과 상견례 절차까지 마쳤다. 그래서 결혼식 문제로 송정관 목사에게 전화를 걸려다 말고 전화기를 남편인 주동성 씨에게 넘겨주었고 송정관 목사는 섬기는 교회 담임목사님과 대화한다.

"목사님, 주례가 또 남아 있네요."

"그런데 이번 주례는 말이요. 소개에 앞장선 송 목사가 했으면 하네요."

"아이고… 저는 주례를 서본 적도 없지만 어울릴 수도 없는 젊은 나이에요."

"그렇기는 해도 내가 생각하는 주례자는 결혼을 성사시켜준 사람이면 좋겠다는 거요."

"그런 말씀도 이해는 되나, 결혼 당사자는 누구도 아닌 우리 교회 고등부 교사잖아요."

"그러면 사회는 송 목사가 하세요."

"예, 그렇게 하겠습니다."

"아이고… 많이들 오셨네요. 정말 감사합니다. 그러면 우선 이 결혼식 사회를 맡게 된 저부터 소개해 올리겠는데 저는 신랑 형과 친구이기도 하고 샘물같은교회를 섬기는 부목사 송정관 목삽니다. 그리고 양가 어머님께서는 단위로 오셔서 촛불을 밝히십시오. 그리고 우리는 찬송을 부르겠는데 찬송은 신랑 신부를 향한 축하와 함께 응원이 될 찬송 605장 한 절만 부르겠습니다."

"오늘 모여 찬송함은 형제자매 즐거움 거룩하신 주 뜻 대로 혼인 예식 합니다. 신랑 신부 이 두 사람 한 몸 되게 하시고 온 집안이 하나 되고 한뜻 되게 하소서."

"예, 감사합니다. 그러면 오늘 결혼식 주례 선생님을 소개해드리겠는데 다른 분도 아닌 신부가 섬기는 샘물같은교회를 담임하시는 이순성 목사님이십니다. 목사님 단으로 올라오십시오."

이순성 목사는 손을 흔들면서까지 등단한다.

"자, 박습니다."

"박수까지 칠 것은 아닌데 아무튼 감사합니다. 그러면 먼저 신랑 신부 맞절부터입니다(신랑 오종근과 신부 주예선은 절을 곱게도 한다). 참 잘했습니다. 그러면 또 하객 분들에게도 인삽니다. 잘했습니다. 그러면 먼저 신랑 오종근에게 묻겠는데 남편으로서 신부 주예선을 영원히 사랑하겠습니까?"

"예!" 신랑 오종근은 큰 소리로 대답한다.

"그러면 또 신부 주예선에게도 묻겠는데 아내로서 신랑 오종근을 영원히 사랑하겠습니까?"

"네!" 신부 주예선도 신랑처럼 큰 소리로 대답한다.

"그러면 신랑 신부는 하객에게 절 다시 한번 하시오. 그것도 신랑 신부는 오늘을 있게 해주신 감사의 맘을 담아 둘이 손 붙들고요." 주례 목사 말씀이다.

"아이고, 잘했습니다. 이것으로 신랑 오종근과 신부 주예선의 성혼이 이루어졌음을 하나님 앞과 양가 부모님과 양가 친인척 분들과 그리고 하객 분들 앞에 주례자로서 공포합니다."

"우리 모두 박수로 화답합시다." 사회자 송정관 목사 말이다.

"예, 감사합니다. 그러면 우선 신랑 오종근과 신부 주예선이 누군지부터 말씀을 드리겠습니다. 신랑 오종근은 기아자동차 회사 사원으로서 모범상을 한 차례도 아닌 두 차례나 받았고, 시민으로서의 모범상도 받았는데 시민 모범상은 그러니까 횡단보도 건

너면서 혼자 걷는 게 아니라 주변을 살펴 거동이 불편한 노인 분들의 지팡이가 되어주기도 했나 봅니다. 그렇다는 얘기만 들었을 뿐이지만 이게 얼마나 아름다운 일이고 가치 있는 일입니까. 그렇지만 저는 말조차도 안 했다는 게 목회자로서 부끄럽기까지 합니다. 그러면 이번엔 신부 주예선도 신랑과 비슷한 아름다운 신부라는 말씀을 드리겠는데 신부 주예선은 삼 남매 중 장녀로서 뜻하지 않은 일로 인해, 그러니까 상황상 두 가정일 수밖에는 없는 가정을 한 가정처럼 만든 당사자라고 합니다. 다시 말해 식사도 어제는 엄마 집에서였다면 오늘은 신부 본인 집에서 하듯 말입니다. 이런 신랑 오종근과 신부 주예선이 앞으로 복 많이 받기를 바라면서 당부 말을 한다면 사회는 자신을 위해 굴러가지 않음을 신랑 신부는 각오하시길 바랍니다. 각오란 다른 게 아닙니다. 엉뚱한 말일지 몰라도 자식을 많이 두라고 하는 것입니다. 현대사회에서 자식을 많이 두기는 어쩌면 흉일 수는 있겠으나 자식이 많아 후회하는 사람은 아무도 없을 것이기 때문입니다. 그러니까 당당한 발걸음들치고 자식을 적게 둔 사람은 없을 거라는 것입니다. 그러면 목회자는 자식을 왜 적게 두게 되느냐고 묻는다면 이렇게 답변합니다. 목회자로서 자식이 많으면 교회에 적잖은 부담일 수밖에 없을 것이기에 헌금을 내시는 성도들 눈치가 보일 겁니다. 뿐만이 아닙니다. 자식이 철모르는 짓이라도 하게 되는 날엔 없는 욕까지 더 얻어먹게 될 것인데 목회자로서 교회에 덕이 못 돼 목회를 그만둘 수밖에 없을 겁니다. 그래서 저는 주례자로서 그리고 목회자로서 자식 많이 두라는 건 헛말 같으나 이 부분에서 말을 더한다면 목회자 자식이라고 해서 도덕성이 완벽한 성인군자처럼 할 수는 도저히 없습니다. 축하 자리에서 제 얘기만을 늘어놓는 건 잘못이기는 하나 그렇습니다. 그리고 양가 부모님께도 드리는 말씀입니다. 지금까지를 보면 아들 달라는 기도는 있어도 딸 달라는 기도는 없나 싶은데 이젠 그런 기도는 하지 마십시오. 그래서 말이나 만약 하나님이 아들 달라는 기도를 들어주기라도 한다면 세상이 어떻게 되겠습니까. 짝지을… 그러니까 남녀의 균형이 맞지 않아 복잡한 세상이 될 겁니다. 그래서 말이지만 딸이든 아들이든 반듯하게 키워내시는 그런 일뿐임을 기억하시기 바랍니다. 이번엔 하객 분들에게입니다. 신랑 신부는 이제 성인이 되어 결혼까지 하기는 했으나 부부로서는 아직 왕초보임을 우리는 인정하고 잘하라는 응원만 해주시기 바랍니다. 아무튼 축하 자리에 함께해주신 여러분 모두 행복하시길 바라면서 하나님께 감사기도를 드리겠습니다. 하나님 아버지 오늘은 신랑 오종근 군과 신부 주예선 양 결혼식을 원만하게 마치게 됐음을 기쁘게 생각합니다. 바라기는 하객 분들까지도 복 많이 받게 해주소서. 예수님 이름으로 기도합니다. 아멘. 그러면 신혼부부 행진입니다." 사회자가 말해도 되겠지만 결혼식 주례 목사 말씀이다.

"오늘 결혼식은 이것으로 마치고 광고 말씀이 있으면 어느 쪽이든 한 분 나오셔서 말씀하십시오."

사회자 말이 떨어지자 주예선의 새엄마 표인숙은 기다렸다는 듯 곧바로 나온다.

"예, 저는 신부 주예선 양 친엄마가 아닌 새엄맙니다. 어떻든 이런 자리는 남자인 제 남편이 서는 게 맞겠으나 남편에게 말하길 광고만은 내게 양보하라고 했습니다. 그것은 신부에게 미안한 맘도 있어서입니다. 그래요, 미안했다는 얘기는 개인적으로 물으시면 대답하기로 하고, 저는 신부의 새엄마가 되기는 했어도 어느쪽으로든 합쳐 살아가야겠지만 그러기는 너무도 어려울 것 같아 고민만 할 때 주례 목사님 말씀처럼 신부 주예선이 단번에 해결해준 것입니다. 그러기에 제가 낳은 애들과 함께 살아갑니다. 그래서 신부에게 고맙다는 말도 하고 싶어서입니다. 뿐만이 아닙니다. 오늘이 있기까지 그동안 많은 애를 써주신 송정관 목사님께 우선 감사드리고, 결혼식 주례를 맡아 귀한 말씀을 주신 샘물같은교회 담임목사님께 감사드립니다. 물론 하객 여러분께도 감사드리고요. 그리고 소찬이기는 하나 음식은 바로 아래층에 준비되어 있습니다. 그러니 맛나게 드십시오. 감사합니다."

"예선이가 결혼했으니 시부모에게도 잘해야 할 텐데 생각하게 되네요. 물론 잘할 거지만 말이요." 새엄마기는 해도 부모로서 무거운 짐일 수도 있는 결혼식을 마치고 혼잣말처럼 한다.

"당신 오늘 결혼식 광고 말은 멋들어지게 하데요."

"멀쩡한 남편이 있음에도 여자라서는 아니고요?"

"당연히 아니지요. 이런 일은 아마 우리가 처음인지도 모르겠는데 다른 사람에게 권장해도 될 일이네요."

"인정해주시니 고마워요."

아내 표인숙은 남편 칭찬 말에 감동까지 한다. 그러니 남편은 들으시라. 아내란 본시 남편 칭찬에 취약하다는 것을. 물론 남편도 마찬가지이기는 하겠지만.

"고맙기는요. 처음엔 무슨 말 하려고 양보하라 했을까 싶어 조마조마하긴 했어요. 그런데 대학 시절 학생회장이라도 했나요?"

"대학 시절은 아니고 고교 시절에는 했어요. 그래봤자 고작 간호사뿐이지만."

"고작이라니요. 당신은 세브란스병원 간호사 중에서도 수간호사인데요."

남편 주동성 씨는 교통사고로 사망한 전 남편을 어떻게 만났으며, 어떤 사람이었는지 너무도 궁금해 그런 말도 꺼낼까 하다 만다. 말이란 듣는 사람에 따라 다르기도 하겠지만 아픈 기억을 되살려서는 안 되기 때문이다. 그래서 말이지만 남편이라며 도덕군자가 아니라 아내 엉덩이도 건드리는 태도 말이다. 그렇게까지는 대낮에 무슨 짓이야 미쳤나 하면서도 싫지만은 않지 않겠나. 그것은 여자라는 본성이기 때문이다.

"수간호사직이 다른 사람이 보기엔 화려한 것 같지만 실상은 그렇지 않아요."

"그래요?"

"그러니까 아래 간호사들 감독까지 해야 해서 짐이 너무도 무거워요."

"그렇겠지요. 저도 부장직이라 짐이 무거워요."

"그건 그렇고, 예인이 성길이에게도 친엄마처럼 해야 할 텐데 그게 걱정이어요."

"예인이 성길이에게 걱정은 행복한 걱정요. 그러니까 친엄마처럼 잘해주겠다는 착한 맘 말이요."

"친엄마처럼 잘해주겠다는 착한 맘이요?"

"그렇지 않아도 재혼식에서 본 사실이지만 당신은 우리 성길이를 꼭 껴안아주기도 했어요. 그걸 보면서 나는 성길이 아빠로서 눈물이 날 만큼 고마웠어요."

"그러면 성길이도 고마워는 했을까요?"

"고마워한 것까지는 모르겠으나 이분이 새엄마다, 그러지 않았겠어요. 아무튼 괜한 말 꺼내서 미안해요."

"괜한 말 꺼내다니요, 그건 아니에요. 우리는 더한 말도 해야 할 부부에요."

"그렇기는 해도요."

그래, 상처가 될 말만 아니면 무슨 말을 해도 될 우리는 부부다. 아무튼 애들이 많은 처지인 내게 와준 것만도 고맙다.

"오늘 예식 광고 말을 새엄마인 내가 하기는 했으나 예선이는 어떻게 들었을까요?"

"감사하게 들었을 거요. 그런 얘기는 담에 하기로 하고 오늘은 그만 잡시다."

"벌써요. 아직도 초저녁인데요."

아직 초저녁인데요 말은 주예선이가 의붓딸이기는 해도 너무도 예뻐 정말로 괜찮은 신랑감과 연결해주려 했는데 그게 아니게 돼 못내 아쉬움에서다.

"이런 말까지 해도 될지 몰라도 당신은 건강을 지켜주는 간호사잖아요."

"별 이상한 말 다 하시네요. 일찍 자는 것과 간호사직과 무슨 상관이어요."

"그렇기는 하지만 그만 잡시다."

"알았어요."

표인숙 간호사의 알았어요 말은 예선이를 방태신 의사와 연결하려던 계획이 실패로 돌아간 이유뿐, 다른 뜻은 아닐 것이다.

"아니, 여기는 제주 4·3 사건 상징인 비석들만 있는 곳이잖아요." 주예선이 제주도 신혼여행길에서 하는 말이다.

"그렇기는 해도 이곳은 신혼여행지이기도 해요. 물론 제주도민이 무참하게 숨겨간 안타까운 곳이기는 해도요."

"그러면 처음부터 이곳에 갈 거라고 미리 말하지 그랬어요."

"그럴까는 생각했는데 여기는 잠깐 들르는 곳으로만 생각했어요. 그러니 너무 나무라지는 말아요." 예쁜 아내와 신혼의 밤을 제주도 5성급 호텔에서 맛나게 치르고서 하는 말이다.

"저는 그게 아닌데 그런다."

"알았어요."

"그런데 종근 씨는 나더러 언제까지 예, 예 할 거요."

"그러면 예선 씨가 먼저 낮춤말로 자기야 그렇게 해보세요."

"자기야까지는 너무도 어색하다."

자기야 말까지는 남편이 아기 씨 열심히 심을 때 했더라면 어렵지 않을 건데. 아내 주예선은 그런 생각인지 남편 오종근을 쳐다본다.

"어색해할 필요도 없을 건데 그런다."

"그러면 종근 씨가 먼저 반말 해보세요. 나는 따라서 할 테니."

"나도 어려우니 집에 가서 합시다. 아무튼 내가 이리로 오게 된 이유 모르겠지요?"

"그거야 모르죠. 그런데 여기는 언제 와보기는 했어요? 그리고 신혼부부들 필수 코스는 아니겠지요?"

"저야 모르지요. 말해야 알지요."

"나는 재작년엔 왔었어요. 그러니까 회사 직원들을 위함이지만 말이요."

"그랬으면 그랬다고나 하지 그랬어요."

"말할까 하다 장인의 얘기를 듣고 생각한 게 여기였던 거요."

"그런데 비석에 새겨진 내용들을 보니 억울한 사연들만 있잖아요."

"그러게요. 아무튼 제주 4·3 사건을 피하지 못하고 죽어간 영혼들을 기리는 건물도 세워져 있어 안타깝기까지 하네요. 그러나 제주도 4·3 사건은 이승만이가 주도한 대한민국이 세워지느냐, 아니면 박헌영이가 주도한 공산주의 국가가 세워지느냐 그런 갈림길에서 빚어진 비극으로 보면 될 겁니다."

"그러면 종근 씨는 회사생활만이 아니라 그런 공부도 했다는 거요?"

"공부까지는 아니어도 그런 책은 봐서 안다고나 할까, 아무튼 그래선데 대한민국이 세워지기까지는 장인께서 하신 말씀이 아니어도 피를 흘리지 않을 수 없는 사건이었나 봐요. 그런데 문제는 아직도 온전한 대한민국이 아니라는데 있어요. 그러니까 미군 물러가라 하잖아요. 그런 구호는 북한이 요구하는 구호인데 말이요."

"듣고 보니 그렇기는 하네요."

"그래서 말이나 대한민국이 미군을 아직도 붙들고 있는 건 안보 차원임에도 그렇다는 말을 어느 지식인도 입 꼭 다물고 있는지 모르겠어요. 미군은 그들의 정부를 위해 있을지라도 말이요."

"그게 이데올로기 사상이라 하지 않을까요?"

"그러면 예선 씨는 사상 문제 공부도 했나 봐요?"

"아니요. 지나가는 사람에서 들은 얘기예요."

"지나가는 사람에서 들은 얘기라도 귀담아들었네요. 어쨌든 우리 대한민국 안보에 있어 미군은 절대 군이지 않은가. 뿐만이 아니라 누구의 말마따나 달러도 빠져나가지 못하도록 지키고 있다고 보면 될 게요."

"그렇군요."

"그래서 만약 미군이 철수라도 하는 날엔 미국 돈까지도 철수하게 된다는 걸 우리 국민은 알아야 한다는 거요."

"그래요. 미군 철수 구호는 한국을 적화통일하겠다는 게 눈에 보이는 말이기는 해요."

"그런데도 제주도민들은 아직도 좌편향 생각만인가 싶어 안타까워요." 오종근 말이다.

"안타깝다는 건요?"

"한라산 남로당 소탕 기념비, 그러니까 '평화기념비'를 어딘가로 치워버렸는데 누구는 그것을 찾으려고 하는가 본데 아직이라네요."

"그런 비석이 이젠 세월이 많이도 흘렀을 뿐만 아니라 비석 문구 자체가 거부감도 없을 문구인데 그러네요."

"이건 우리 생각인 거요. 그러니까 관심 둘 필요도 없는 생각들 말이요."

"그렇기는 하네요."

"하지만 남로당 박헌영 세력들은 6·25 전쟁 휴전이 되고서도 1년이 넘도록 대한민국 정부를 부정했다니 한심하네요. 그래서 말인데 제주 4·3 사건을 일으킨 세력이 어디겠어요. 말할 필요도 없이 남로당이지 않겠어요. 그러니까 제주도 국회의원 뽑는 것을 저지하기 위한 남로당 관계자들은 열두 곳의 지서를 동시에 점령해 경찰들과 교전했고, 그런 교전 과정에서 제주 시민은 난데없이 벼락을 맞은 거지요. 물론 사실인지는 보도뿐이기는 해도요."

"그렇기는 해도 너 죽고 나 죽자는 아닐 거잖아요."

"그거야 당연하겠지요. 그렇지만 사상이란 게 얼마나 무서운 건지 일반 상식으로는 해석이 안 돼요."

"그것도 그렇지만 궁금한 건 산에 숨어 살았다 해도 먹고는 살아야 할 건데 그동안 무얼 먹고 살았을까 싶어요."

"먹을 것은 박헌영이가 발행한 돈으로 사 먹었지 않았을까요. 물론 짐작이기는 해도요."

"그러니까 우리 아버지가 하신 말대로요?"

"그렇지요. 박헌영은 제주를 크게 여겼을 거라는 생각이요. 그렇게 말하기는 당시 제주도에는 일본에서 공부한 지식인들이 많았기 때문이기도 해서요."

"일본 유학생들이요?"

"일본 유학생들이지요. 그래서 말이지만 이승만 정부가 무슨 정책을 어떤 방법으로 세우게 될지도 모르는, 한마디로 암흑기였기에 엉터리 생각들을 한 남로당 간부들인 거죠. 물론 짐작뿐이기는 해도요."

"박헌영이가 발행한 돈은 가짜 돈이라면서요."

"가짜 돈이기는 해도 유통까지는 아무 문제가 없었을 거요. 그러니까 가짜 돈인지를 어떻게 가려내겠어요. 화폐개혁이면 또 몰라도요. 말을 들으면 미국 돈도 진짠지, 가짠지 알아내기 위해 검색기까지 쓴다지 않아요."

"그건 이해한다 해도 시장에는 가야 할 게 아니요."

"시장 보기는 어디 어렵겠어요. 그러니까 얼굴을 감출 맘이면 밤 거래를 하든지 말이요."

"밤 거래. 그래요?"

"밤 거래라도 사고파는 건 돈이면 다 될 건 짐작까지 필요하겠어요. 당시를 살아보질 않아 모르기는 해도요. 그러니까 이를테면 밤손님처럼 말이요."

"아니, 밤손님처럼이요?"

"그렇지요. 밤손님처럼이요. 어차피 숨어 살아가야만 할 처지들이니까요."

"그렇군요. 당시 분들에게 고생들 했다고 위로해야 할지는 모르겠으나 그동안의 이웃들은 무슨 얼굴로 봤을까 싶네요."

"아닐 거요. 한라산에 숨어 살기는 했으나 아까 말한 대로 밤 거래가 바로 그것일 테니까요."

"그런 얘기는 다 지나간 얘기이기는 해도 슬프네요."

"여기서 다른 말이나 예선 씨는 봉화라는 말 들은 적 있어요?"

"봉화라는 말, 들은 적은 있어요. 그러니까 통신 수단으로 써먹었다는 그런 말."

"그런 얘기는 나도 마찬가지이지만 경찰들에게는 개새끼들 온다는 신호였다네요. 남로당파들을 빨갱이로 표현한 말이잖아요. 빨갱이라는 말은 지금도 써먹지만 말이요."

"적국인에게 고운 말 쓸 수는 없다 해도 개새끼, 빨갱이 새끼 정말 아니네요."

"그래서 생각이나 2002년도 월드컵 응원 티셔츠가 무슨 의미로 제작이 된 것인지 예선 씨는 아세요?"

"월드컵 응원 티셔츠요?"

"월드컵 응원 티셔츠는 공산주의를 상징하기도 하지만 등 쪽에 새겨진 문구가 '우리는 공산주의자다!' 그런 문구라고 해서 나도 놀랐어요."

"그걸 경찰들도 모르지는 않을 거잖아요."

"그거야 알겠지요."

"안다면 조용한 건 왜일까요?"

"그건 경찰들에게 물어봐야 할 거요. 그건 그렇고 엉뚱한 상상이나 태극기 문양을 보면 북쪽은 적색, 남쪽은 청색. 그런데다 네 귀퉁이는 건곤감리여요."

"생각해보니 그렇기는 하네요. 그런데 건곤감리 해석은요?"

"해석은 남북한 군사기지는 아닐까 해요."

"아이고, 종근 씨는 저를 만나기 위해 바쁘기도 했을 텐데 연구하느라 고생했네요."

"바쁘기는요. 예선 씨가 누군지나 알아야 바쁘든지 말든지 하지요. 그러니까 회사는 사정상 3교대 근무라 쉴 시간이 남아돌아서 책을 보게 된 거요."

"책은 선생님이라고는 하지만 그렇군요."

"그런 데다 태극기 한가운데 그어진 휴전선처럼 생긴 것은 태극기를 만든 지식인들의 예측은 아니었을까 해요."

"지식인들 예측이요?"

"그러니까 동쪽인 강원도 쪽은 우리가 올라간 문양이고, 서쪽인 서울 쪽은 우리가 침범당한 문양 말이요."

"그렇게 볼 수는 있겠으나 시간이 남아돌았다면 휴식 차원에서 낚시질이나 할 만한데 종근 씨는 책만 봤네요."

"저는 대학 못 간 게 너무도 아쉬워 지금은 통신대학 학생이라고 할까, 아무튼 그래요."

"그러면 밥만은 제시간에 먹어요."

"밥 먹는 건 착실해요. 그래서 말인데 집에 가선 예선 씨 솜씨로 낙지볶음 한번 먹고 싶어요."

"낙지볶음 솜씨까지는 아직이나 한번 만들어볼게요. 반찬 만들었던 건 대학 가려는 공부 중에 상상도 못 했던, 엄마가 병상에 눕고부터이기는 해요."

"기대합니다."

"기대해도 돼요. 그런데 나는 종근 씨를 그리느라 정신이 없었어요."

"그랬다면 미안한데 내가 너무 떠들지요."

"그건 아니요. 떠드는 사람치고 고약한 사람은 없다네요."

"나를 그렇게 보면 오산이어요. 나 고약해요."

"종근 씨야 그렇게 말해도 나는 다 알아요."

"얘기가 삼천포로 빠졌는데 조금 전 본 비석들은 대한민국이 저지른 만행이라고만 인식해서는 안 된다는 거요."

"그러면 제주도민들이 생각하기에 그게 아니었다는 진실이 밝혀지기는 할까요?"

"현재로서는 어림없는 일이요."

"왜요?"

"남로당 관계자가 치웠을 테니까요."

"그러니까 짐작으로요?"

"짐작이 아니라 대한민국이 세워지기는 백범 김구조차도 반대했으니까요. 그래서 조심스럽지만 백범 김구는 독립운동가뿐이었다는 거요."

"나도 종근 씨처럼 우파에요."

"다행이네요. 그래서 말이나 통치자가 꿈이라면 칼을 쓸 줄도 알아야 하는 거요. 다시 말해 국제정세가 어떻게 움직여질지를 몰라서는 곤란하다는 거지요. 물론 판단 착오일 수는 있겠으나 말이요."

"그렇기는 하겠지요."

"그래서 백범 김구는 아니라는 거요. 김구에 대해 더 말하면 김일성과 담판 짓고자 북한에 가기는 했으나 민족 지도자 대접도 못 받고 왔다는 거요. 창피하게도 말이요."

"창피하다는 말은 우리끼리만입니다."

"물론이지요. 그러나 백범 김구를 보면 순진하다 할지 몰라도 국가를 통치할 만한 인물까지는 아니라는 거요."

"종근 씨는 그걸 어떻게 알고요."

"어떻게 알기요. 백범 김구 아들 김신의 회고록을 보면 그래요. 그러니까 김신은 이승만 정부에서 공군참모총장까지 역임했다면 더 말할 필요 있겠어요."

"지금의 얘기가 틀림이 없다면 그렇기는 하겠네요."

"그런 얘기를 계속하면 이래요. 백범 김구는 삼팔선을 베고 쓰러질지언정 우리 한민족이 분단국가가 되어서는 안 된다는 말을 입버릇처럼 합니다. 김구는 그런 이유에서 김일성을 만나 설득해 보겠다는 생각으로 평양에서 열릴 남북연석회의에 참석하고자 짐까지 꾸립니다. 그걸 알아차린 한독당 소속 관계자들은 발끈합니다. 그것은 북한에서는 소련 통치자 스탈린의 비호 아래 인민정부가 세워지고 있었기 때문입니다. 그러나 백범 김구는 평양에서 열린다는 연석회의에 참석해야만 해서 그랬겠으나 김구는 말도 안 되게 몰래 가게 됩니다. 보도에 의하면 몰래 빠져나가기 위해 손수건조차 챙기지 못했다는 거요. 그러니까 김구는 노인이기에 아들 김신을 지팡이 삼아 가기는 했으나 연석회의장 바로 앞에 내리니 '이승만 괴뢰 타도하자!', '김구 괴뢰 타도하자!' 그런 구호의 플래카드가 내걸려 있는 거요."

"그걸 본 김구는 이게 뭐야, 했겠는데요."

"그랬겠지요. 그런데 김구만은 오게 될 거라는 소식이 전해지자 관계자들은 이미 제작해 걸어놓은 플래카드를 교체할 시간도 없어 그랬겠지만 '김구 괴뢰 타도하자!' 구호 문구만 먹물로 가린 거요. 먹물로 가리기는 했으나 햇볕이 김구에게 고발이라도 하듯 먹물이 마른 거요. 그래서 김구가 하는 말이 '북녘 사람들은 나를 여간 미워하지 않는가 봐요.' 관계자에게 그랬다는 거요."

"그러면 김구는 이게 아니구나, 했겠는데요."

"아니었을 거요. 왜냐면 남북분단이 안 되게 하기가 순탄치 않을 거라는 거요. 그러니까 피 흘림도 있을 거라는 생각 말이요. 그래서 말이지만 앞에서 말한 것처럼 '삼팔선을 베고 쓰러질지언정 우리 한민족이 남북으로 갈라져서는 자손 대대에 씻을 수 없는 죄인'이 될 것이기 때문이라는 거지요."

"그런 각오는 비단 김구만이 아닐 거잖아요. 그러니까 민족 지도자라면 말이요."

"그렇겠지요. 그런데 평양 모란극장 연석회의장에서 있게 된 일입니다. '독립운동 선배이신 김구 선생께서 등단하실 때 뜨거운 박수 부탁합니다.' 김일성은 사회자처럼 하고 김구는 '박수 고맙습니다. 제가 할 말은 다름이 아니라 남녘 정부가 세워지는 것을 반대합니다.' 그 말을 들은 모두는 옳소, 합니다. 그러니까 언제 그칠지 모를 7백여 명의 박수 소리가 모란봉 극장이 떠나갈 듯했나 봐요."

"그러면 남북협상 논의는 그것으로 그만일 텐데 김구는 몰랐을까요?"

"몰랐다면 국가를 운영할 통치자 그릇이 못 된다고 나는 감히 보는 거요. 때문일지 몰라도 김구는 안두희로부터 피살까지 되었어요."

"김구를 피살한 안두희는 사형까지는 그만두더라도 나이 팔십 가까이 살았다면서 왜일까요?"

"그 부분에서 내 생각을 나름 분석해볼게요."

저는 민족 지도자 백범 암살을 한 죄인입니다. 무슨 이유로든 잘못이기에 이렇게 재판까지 할 필요도 없이 사형당해야 마땅하다 할지 몰라도 변명하자면 김구 선생님은 대한민국 수립을 결사반대했기 때문입니다. 어쨌든 저는 현역이면서 육군 소위입니다. 소위지만 북한 출신으로, 그러니까 김구 선생님 암살은 그런 이유라고 말할 수도 있겠습니다. 그렇게까지는 김구 선생님이 어떤 분인지 재판장님도 잘 아실 테지만 김구 선생님은 어떤 이유로든 한민족이 갈라져서는 절대 안 된다는 겁니다. 지당한 말씀입니다. 그러나 절대라는 문제에 있어서는 생각해볼 필요가 있다는 겁니다.

그러니까 삼팔선을 베고 쓰러져 죽을지언정, 그런 말씀은 아니라는 겁니다. 저는 육군 소위이기도 하지만 김구 선생님 곁에서 수발도 해드리게 되는 그런 비서이기도 합니다. 그래서 새로 태어난 대한민국에 대해 이런저런 얘기도 나누게 됩니다. 그런데 김구 선생님은 북한과 합쳐도 된다는 말씀을 스스럼없이 하십니다. 그러시는 김구 선생님 말을 듣게 되는 저는 공산주의가 무엇인지 공부도 했던 사람으로서 그게 아닙니다. 제 생각을 말씀드리면 김구 선생님은 화부터 버럭 내십니다.

김구 선생님이 그래서 저는 김구 선생님을 의심의 눈으로 보게 됐고, 결국은 어마어마한 짓까지 하게 됐습니다. 아무튼 김구 선생님이 북한이 의도한 남북연석회의에 참석하고자 하신다는 소식을 듣게 된 당 관계자 모두가 몰려와 평양에 가시면 절대로 안 됩니다, 가지 마십시오, 평양에 가시게 되면 김일성 패거리들로부터 농락만 당할 건 뻔합니다, 그랬습니다. 지금의 상황이 그러니까요. 김구 선생님이 계시는 경교장에 모인 사람 중 한 사람은 북한으로 탈출한 이가 누구인지 백범께서는 아셔야 합니다, 그러니까 박헌영이란 자는 김일성이도 가지고 놀 자인 거지요, 그러니 평양에 가시면 안 됩니다, 그렇게까지 말씀드렸음에도 김구 선생님은 무슨 계산인지 기필코 북한에 가시게 됩니다. 평양 가실 때도 모양 사납게 빠져나가다시피 하십니다. 김구 선생님이 그러시기까지는 우리 민족이 해방은 됐으나 북한 군사 열병식이 대단하면 이승만 대통령이 세운 단독정부는 세우나 마나 할 건데, 그렇다면 피 흘릴 전쟁이나 없게 하자 그런 의도는 아니었을까 합니다. 그러니까 순진한 생각은 아니셨을까 합니다.

아무튼 김구 선생님은 당원들이 그렇게까지 말려도 남북협상에 참석하시게 됩니다. 참석은 했으나 염려했던 대로 아닌 꼴만 당하셨을 뿐입니다. 김구 선생님에 대해 이미 보도된 내용이라 이젠 말해도 되겠지만 회의장에서 하신 말씀을 그대로 하면 이렇습니다. 저는 공부를 안 한 사람이라 말할 줄도 모릅니다. 그래서 이렇게 적어 왔는데 그런 점은 이해를 해주시기 바랍니다. 김구 선생님은 그러십니다. 김구 선생님의 그런 말씀을 듣게 된 참석자들은 무슨 생각을 했을지 궁금하기도 합니다. 궁금하기는 회의장 참석자들마다 나름 지식인들일 것이기 때문입니다.

아무튼 김구 선생님 생각은 공산주의자와도 손을 잡아야 한다는 생각에서 한 치도 물러날 것 같지 않았습니다. 꼭 그래서만은 아니나 저는 앞에서도 말했다시피 김구 선생님 수행 비서 입장이라서 그런지 너무도 답답한 나머지 저는 아닌 행동까지 해버린 것입니다. 아닌 행동을 했던 날도 김구 선생님은 한가롭게 붓글씨만을 쓰고 계십니다. 저는 그걸 보면서 김일성은 상대 못 할 자라고 저는 생각합니다. 저는 그리 말한 거요. 그러니까 김구 선생님 불편한 심기를 건드린 거죠. 아무튼 김구 선생님을 지켜드리기 위한 총구는 아니게도 반란을 일으키고 만 셈입니다. 아닌 짓을 하게 된 자리에 있는 사람이라고는 김구 선생님뿐이었어요. 거사해야겠다는 계획도 없었던 터라 너무 당황스럽기도 해서 아래층으로 뛰쳐 내려와 김구 선생님 돌아가셨다는 말을 근무자들에게 하게 됩니다. 그 말을 듣게 된 직원들은 무슨 말을 하는 거야 하는 태돕니다, 그것은 조금 전만 해도 간밤에 잠들은 잘 잤는가 물으시기까지 하셨던 김구 선생님이 돌아가시다니, 모두는 그랬을 겁니다.

설명을 더 하면 이미 보도된 내용이기는 해도 남북협상 연석회의를 마치시고 헤어지는 장면의 김구 선생님 모습은 정말 아니라는 생각이었습니다. 그러니까 사진으로 보는 김구 선생님 모습은 내가 여기까지 왔으면 고생했다는 표시만이라도 해 주어야지, 그렇지도 않고 나는 몰라 하고 그렇게 가버리면 어떻게 하라는 거야, 아닌 말로 그런 모양새 같았어요. 그렇다는 사실까지 말씀드릴 수는 없겠으나 저는 김구 선생님 태도에 자괴감을 느끼지 않을 수 없었습니다. 그러니까 울분까지였습니다. 김구 선생님 비서이지만 그랬는데 울분이란 무엇을 말함입니까. 설명이 필요할지 몰라도 김구 선생님은 더 오래 계셔서는 국가적으로 불행만 끼칠 분이라는 생각이 강하게 든 것이 저의 불순 행동으로까지 이어졌습니다만 그렇습니다.

제가 저지른 불순 행동까지는, 우리나라는 단군 이래 한 차례도 누려보지 못한 자유민주주의 국가를 이승만 대통령께서 세웠기 때문이라 하겠는데도 김구 선생님 속셈은 통제국가 체제인 공산국가와도 손을 잡자는 의도입니다. 그래서 앞에서도 말했듯 김구 선생님의 생각은 남북분단은 한민족을 말살시키는 잘못된 처사로, 삼팔선을 베고 쓰러질지언정 남북분단만은 막아야만 한다는 생각이 그것입니다. 그러니까 김구 선생님은 공산주의와도 손을 잡다는 말도 안 될 생각이셨던 겁니다.

그러니 여기서 김구 선생님이 어떤 성격인 분이신지 한번 살필 필요가 있는데, 살펴보면 백범일지에서 말씀하고 계시기는 하지만 김구 선생님은 일본인이라면 인간성 따위는 따질 필요도 없다는 겁니다. 설명하자면, '이튿날 밝은 새벽에 조반을 마치고 길을 떠나려 했는데, 주막의 법도가 나그네에게 밥상을 줄 때 노소를 분별하여 그 차례를 마땅히 지켜야 함에도 손님 중 단발하고 칼을 찬 수상한 사람이 밥상을 먼저 요구하자 점원이 그 사람에게 먼저 밥상을 주므로 마음으로 심히 분개하였다. 그래서 그 사람의 근본을 알아본즉 일본인이므로 불공 대천지수라고 생각되자, 김구 선생님은 피가 거꾸로 솟구쳐 분을 참지 못하고 그 일본인이 한눈파는 틈을 타 발길로 차 넘어뜨려 때려죽여 얼음이 언 강에 버렸다'라고 했습니다. 그런 살인사건이 있은 지 10년 후 김구 선생님으로부터 죽임을 당한 일본인의 유족은 대한제국에 제소하여 배상금을 받았다는 기록입니다.

그리고 이 부분에서 그냥 넘길 수 없는 얘기를 하면, 공산주의란 무엇인가에 대해서입니다. 그러니까 저는 공산주의란 무엇인가에 대해 공부도 했던 입장에서 말을 한다면, 인간이면 누구든 누리고 살아가야 할 인류 보편적 가치인 자유가 어느 통치자 한 사람에 의해 통제될 수밖에 없다는 게 공산주의 사상입니다. 다시 말해 공산주의 사상을 들여다보면 비록 인간이기는 해도 살찌워 잡아먹으려고 기르는 가축처럼 살 수밖에 없다는 게 바로 공산주의라는 것입니다.

꼭 그래서만은 아니나, 이승만 대통령은 국가 통치를 자유민주주의로 하리라는 믿음입니다. 그런 믿음을 갖기까지는 늦게서야 알게 된 일이지만 이승만 대통령이 청년 시절부터 그러니까 한성 감옥에서 생각하셨다는 三無 정신입니다. 그러면 三無 정신이란 무엇인가에 대해 보면 임금을 모시는 제도 폐지, 양반 제도 폐지, 상투 자르기, 이런 말에 저는 감동이었습니다. 그러니까 이승만은 대통령이지만 대접받는 대통령이 안 될 것이라는 각오로 국정운영을 하실 거라는 그런 믿음 말입니다.

그래요, 김구 선생님의 목숨을 빼앗은 건 꼭 그래서만은 아닙니다만 이승만 대통령이 세운 자유민주주의 국가를 김구 선생님은 부정하시려 해서입니다. 그러니까 북한이 세운 국가는 불법단체이지만 대한민국은 유엔이 인정하는 국가라는 겁니다. 그러함에도 김구 선생님은 농지개혁 등 이승만 정부가 일을 제대로 못 하게 한다는 겁니다. 그게 정치인들 속성이라는 점 인정한다 해도 그렇습니다. 만약 입니다. 대한민국의 정권을 김구 선생님이 잡았다면 정치적 정적들을 품으실지까지는 몰라도 국가가 처한 가난한 상황을 해결할 것인가입니다. 그래서 말이지만 이승만 대통령처럼 잘산다는 미국의 원조를 받아야만 할 건데 김구 선생님은 붓글씨만 쓰고 계십니다. 그런 붓글씨도 날마다이십니다. 그래서 갑자기 떠오른 생각이 김구 선생님이 하셨다는 '우리 민족이 일본으로부터 해방만 되면 경무대에서 문지기가 돼도 괜찮다.' 그런 말씀은 국민을 속인 말씀인 것으로 저는 보기 때문입니다. 물론 이런 말까지는 변명일지는 몰라도 그렇습니다.

그러면 이제 제 얘기도 한번 해보겠습니다. 저 안두희가 어떤 녀석인지 재판장님은 잘 아시리라 싶지만 저는 고향이 북한이면서 소문난 지주의 아들로 태어났습니다. 지주 아들로 태어난 이유로 어느 친구들보다 누리고 살았습니다. 그게 자랑일 수는 없어도 김구 선생님을 살해하는 엉뚱한 짓만 아니었으면 움직이는 시류에 따라 적당히만 살았다면 제 앞길은 탄탄대로였을 겁니다. 그것은 육군 소위이면서 동시에 사실상 김구 선생님의 비서이기도 해서입니다.

그렇지만 저는 대한민국의 아들이면서 대한민국 군인임을 절대로 해야 할 군인입니다. 그러니까 불의를 보고도 눈을 감아서는 절대로 안 될 그런 청년 말입니다. 그렇다고 제 잘못에 대해 용서를 바랄 수도 없습니다. 물론 바라지만 그렇습니다. 그렇기는 저는 명령에 죽고 살아야 하는 현역이면서 소위이기 때문이기도 해서입니다. 그래서 바란다면 제 잘못으로 인해 가족에게까지도 씌워지게 될지 모르는 연좌만은 아니기를 바랄 뿐입니다. 그렇기는 제게는 앞으로 대한민국 군인감으로 자라고 있는 세 살짜리 아들이 있기 때문입니다.

지금까지의 제 말이 재판장님 앞에서 방청객님들 앞에서 적절치 못한 말일지는 모르겠으나 일단은 그렇습니다. 그리고 김구 선생님을 사망케 한 처음에야 제 목숨도 동시에 끊을까도 했습니다. 그러나 그게 아니라는 생각이 번득 들어 멈추게 된 게 오늘에서의 법정입니다. 그러니까 지금까지 말한 내용을 말하기 위해서라는 거지요. 물론 방청객님 중에는 아니라고 하실 분도 계실지 몰라도 제가 해야 할 말은 이것으로 끝입니다. 어떻든 제 말을 귀담아들으실 필요조차 없으실 텐데도 여러분은 끝까지 경청해주심에 감사합니다.

"아이고, 연설문 엄청 길기도 하다. 지금 말한 연설문을 정리해서 책으로라도 내면 싶네요."

"그래도 될까 모르겠는데 아무튼 백범 김구 선생님이 지금도 살아 계시기라도 한다면 모란봉 극장에서의 박수 소리를 무슨 생각으로 들으셨냐고 묻기라도 할 텐데. 이젠 그럴 수도 없게 된 역사적 인물일 뿐이네요."

"그러면 김구 동상이 이곳저곳에 세워졌나 싶은데 김구 동상 앞에서라도 한마디 하세요."

"그렇게까지는 말도 안 되나 백범 김구는 김일성의 생각을 읽지 못했다는 것이요. 그러니까 국제정세를 말이요. 김구가 평양에 도착했을 때 환영객 가운데 곱게 차린 할머니가 나타났는데 그 여인은 누구도 아닌 김구 청년 시절 첫사랑 안신호인 거요. 그러니까 안창호 여동생. 두 남녀는 결혼까지 마음먹고 사랑하는 사이였으나 안창호는 무슨 생각이었는지 동생을 다른 청년에게 시집 보낼 계획을 하고 있었던 터라 두 사람의 결혼을 깨버린 거라네요. 누구든 첫사랑을 잊지 못하는 법인데, 청년 시절에 헤어진 여인을 북한이 환영객으로 내보낸 건 짐작이 필요 없이 김구의 연정을 자극하려 했음이 분명하지요. 김구 심지가 아무리 굳건한들 회의 내내 심란했을 것이다, 그리 기록되어 있네요."

"사실이라면 남북협상이고 뭐고 백범 김구는 많이도 슬펐겠다."

"김일성이 그런 점도 노렸을 건 짐작까지 필요하겠소. 여자인 당신 앞에서 말하긴 좀 그러나 미인계란 무슨 말이오. 예쁜 여자 앞에서 넘어지지 않을 장사 없다지 않소. 내가 바로 그런 사람이기도 하지만."

"내가 예뻐요?"

"예선 씨에게 대놓고 말하긴 좀 그러나 간밤에 심어진 아이가 딸로 태어날 거면 엄마를 꼭 빼닮은 딸로 태어나길 바라는데요."

"나도 그래요."

"얘기가 엉뚱한 데로 흘러갔는데 김일성이 스탈린을 속일 만한 무기가 뭐냐면 한반도를 확실히 공산국가로 만들지 않고서는 일본이 또다시 일어날 위험이니 스탈린께서는 참고하십시오, 그런 말 했을 테고 김일성의 말을 듣게 된 스탈린은 김일성 자네는 조선반도 지도가 될 만한 인물일세, 아무튼 참고하겠네 그랬을 거라는 거요."

"그랬을 거라는 건 소설 아니요."

"그렇기는 해도 시대 상황상 그랬을 가능성은 넘쳐나는데 백범 김구는 순진했을 거라는 생각이요. 그러니까 국가가 세워지기까지는 앞뒤를 정확히 보려는 건 말할 필요도 없을 건데, 백범 김구는 그게 아니셨던 거요."

"그러면 백범 김구 생각을 보완해줄 만한 인물도 있었을 건데요?"

"생각을 보완해줄 인물이 어찌 없겠어요. 있었겠지만 보완은 자기 철학은 아니지 않겠소. 그래서 말이나 철학이 뭐요. 굳게 뭉쳐진 생각 아니요."

"그게 남자고 지도자이기는 하겠지요."

"그래서 말이지만 백범 김구는 민족 지도자 그릇은 될지 몰라도 국가를 운영할 만한 대통령감까지는 아니라는 거요. 그러니까 김구 선생님이 말했다는 내용을 보면, '내 나이 일흔세 살이나 되는바 나에게 남은 것은 오늘 오늘 하는 여생뿐이다. 그래서 말이나 내가 새삼스레 미 군정하에 정권을 바라기보다는 차라리 삼팔선을 베고 쓰러질지언정 남한 단독정부 수립에는 협력하지 않을 것이고 이북에 가고 싶다. 그래서 그쪽 동포도 제집을 찾아가는 걸 보고 죽고 싶다. 그래서 말이나 내가 갖고 싶은 건 강한 군사의 힘이 아니다' 했다네요."

"현시점에서 보면 틀린 말이기는 해도 백범은 인물은 인물 아니요."

"당연히 인물이지요. 그렇지만 국가의 이익을 창출해내는 그런 인물이라야 하지 않을까 싶어요. 그러니까 중국 백성들을 밥 먹게 해준 그런 등소평처럼 말이요."

"중국 백성들을 밥 먹게 해준 그런 인물이라면 인민들에게는 가치도 없을 공산주의 사상을 버리고, 자유민주주의 사상으로 바꿀 수는 없었을까요."

"등소평이 흑묘백묘를 말했다면 거기까지도 생각했으리라 싶기는 해요. 그래서 말이지만 이승만과 김구의 다른 점을 말한다면 이승만은 외교적 인물이고 김구는 오직 민족 사랑뿐인 거요. 그러니까 이승만이 미국 정치계 인사들 바짓가랑이를 붙들어서라도 원조를 받아낼 인물이라면 김구는 그렇지 못한, 임시정부를 이끈 주석이었을 뿐이라는 거요."

"김구 선생님이 들으시면 '네 이놈' 하실지도 모를 말이네요."

"그래요. 그러나 외교 문제에 있어는 그럴 만한 사람을 쓰면 될 게 아니냐고 누구는 그리 말할지 몰라도 능력이 있는 대통령과 외교적으로 괜찮은 사람을 쓰는 문제는 전혀 다른 문제이지 않겠나 싶어 하는 말이요."

"그럴 것 같기도 하네요."

"다시 말이지만 국제사회는 냉혹해서 홀로여서는 왕따가 될 뿐이라는 점을 참고로 도움이 필요한 국가와 친하게 지내려 해야 한다는 거요. 그래서 하는 말이지만 미국 중심인 나토에 가입한 국가가 바로 그거요."

"생각을 해보니 내가 신혼여행이 아니라 종근 씨 강의를 듣자고 제주도에 온 게 아닌가 싶네요."

"뭐요…?"

"물론 신혼여행길에서 무슨 말이든, 그러니까 애들 말로 재잘거리기는 해야겠지만 말이요."

"재잘거린다는 말이 맞아요. 어쨌든 생각해보면 우리나라는 독특하다고 할까, 특별하다고 해야 할까. 아무튼 우리 대한민국은 공산주의 진영 세력과 자유주의 진영 세력 틈새에 끼인, 위험스럽기까지 한 국가인 거요. 그런데다 우리나라는 3차 전쟁과 같은 전쟁도 겪은 나라네요. 그런 전쟁 과정에서 유엔군의 참여가 있었는데 유엔군 참여는 우리나라가 처음이자 마지막일 거라는 생각이요. 아무튼 그런 얘기는 집에 가서 하고, 제주도 특정이라고 할 수 있는 삼다도 얘기나 합시다."

"그런데 제주도에 바람, 돌, 여자가 많다는 말은 만든 말인 거겠지요." 아내 주예선 말이다.

"만든 말이 아니에요. 사실이어요."

"사실이라고요?"

"그것은 여자가 많은 게 아니라 남자가 적다는 말로 바꿀 필요가 있어요. 그렇기는 일본은 일찍부터 공업 국가라고 해도 될 그런 국간데 제주도 남자들이 그러니까 돈을 벌고자 다들 일본으로 많이 가버린 탓이라고 보면 돼요. 그런 문제에 있어 문헌을 보면 고려청자까지도 조선 도공들에게 후한 대접을 하겠다면서 데려 가기도 했다네요. 그래서 생각인데 일본 여성들 전통의상인 기모 노가 무슨 의미로 된 의상인지 예선 씨는 아세요?"

"일본 여성들 전통의상은 몰라요."

"얘기를 하자면 오래전 일이기는 하나 일본은 지역 군주가 많 아 죽이는 쌈박질을 밥 먹듯 하다 보니 인구가 턱없이 부족한 거 요. 그래서 도요토미 히데요시라는 사람은 인구를 늘려야만 한다 는 생각에 아기 만드는 데 풍기 문란이라는 말은 하지 않겠다고 했나 봐요. 그것이 오늘의 일본 여성 전통의상인데 일본이 그런 이유인지는 몰라도 우리나라 성씨는 약 삼백 정도인데 일본인들 성씨는 보리밭 씨, 밀밭 씨, 정자나무 씨 등 그래서 우리보다 무려 백 배나 더 많은 삼십만이나 된다네요. 성씨가 이렇게 많은 건 일 본 남자들이 전쟁터로 7백만 명 넘게 가린 바람에 생산 능력 여성 만 넘쳐난 거요. 일본 정부는 그런 점을 참고로 생산 능력이 가능 한 여성이면 아무 남자와 만나 인구를 늘리도록 힘썼나 싶어요."

"그런 얘기는 나에게만입니다."

"알겠어요. 말을 하다 보니 그런 얘기까지였는데 앞에서 말한 일본이 공업 국가이기까지는 공업 면에서 앞선 포르투갈 때문이 라고 말할 수 있을 건데, 포르투갈은 전쟁 무기도 만들었던, 그러 니까 요즘으로 보면 공업 선진국이었기 때문이라고 보면 돼요."

"그때가 언제 적 일인데요?"

"날짜까지는 역사책을 봐야겠지만 일본 공업보다 한참 앞섰는가 싶어요. 말을 들으면, 일본이 잘도 써먹던 총 만드는 기술 전수도 포르투갈이 해주었다니 말이요."

"일본은 포르투갈로부터 총 만드는 기술로 태평양 전쟁까지 일으키다 결국은 미국 원자탄에 의해 항복하고 말기는 했으나 일본은 전범국가잖아요."

"그렇지요, 전범국가이지요."

"일본이 전범국이면 배상 문제도 있지 않을까요?"

"전쟁 피해 당사국들은 죄를 물을 만도 한데 그렇기는 하나 미국은 그렇지 않고 다른 방법을 취했나 봐요. 그러니까 일본 국토 일부를 차지하기도 지역상 너무도 먼 섬나라이기도 해서 전쟁 피해가 가장 많은 한반도로 준 게 아닌가 해요."

"미국이 전정 그랬을까요?"

"그거야 내 생각이기는 해요."

"생각을 해보면 개인이든 국가든 갖고자 하는 맘은 부자가 더 한다는데 말이요."

"정말일지 몰라도 한국의 어려운 사정을 생각한 미국은 달러를 퍼부어도 일어설 수 없겠다 싶어 일본이 그동안 투자한 재산들을 한국이 차지하도록 했지 싶네요."

"그러면 북한은요?"

"북한도 마찬가지고요. 그런 문제에 있어 따지자면 일본이 북한에다 투자한 돈은 남한에다 투자한 돈보다 몇 배 더 많을 거요. 그러니까 흥남 비료공장 또는 압록강 수풍발전소 등에다 쏟아부은 돈 말이요."

"일본이 그렇게까지 한 건 자손만대까지라는 생각이었을 텐데 얼마나 억울했을까요."

"그래서 일본인들은 일본 천황의 항복선언을 받아들일 수가 없어 할복자살까지 했다니 말이요. 그것도 일본 천황이 보는 앞에서요."

"천황 앞에서 할복은 사실이겠지요?"

"거기까지는 잘 모겠으나 일본인들 기질은 사무라이 정신이라 사실일 가능성은 넘쳐나요."

"그렇군요."

"그러나 군사 무기만은 만들지 못하게 했나 봐요."

"전쟁 무기만 못 만들게 했을까요?"

"그래서 아무리 견고한 국제법이라고 해도 힘 약한 국가는 힘이 강한 국가로부터 눌림을 당할 수밖에 없다는 게 바로 우리 민족이었던 거요."

"그래서 생각인데 일본은 우리 민족 역사까지 없애려 했다면서요?"

"그래서 지금의 미국을 고마워해야 할 것 같아요. 만약 미국이 아니었으면 창씨개명이라는 이유로 주예선 씨 호칭을 주상, 나는 오상, 그럴 뻔하기도 했을 것이 아닌가 해서요."

"주상, 오상이요?"

"그렇기는 해도 좋은 점도 있어요. 그러니까 일본인들은 쌍놈이라는 말을 하지 않아서요."

"쌍놈과 양반, 이건 유교적 산물이잖아요."

"그렇지요, 얼어 죽을 공자 왈 맹자 왈 말이요."

"공자 왈 맹자 왈…"

"쌍놈 말은 공부할 형편이 못 돼 공부를 못한 사람이 당하는 수모 말인데 그런 풍조가 아직도 이어지는 것 같아 안타깝네요."

"안타깝기는 뭘 보고요?"

"대학 졸업자와 그렇지 못한 자의 사회적 신분 차이가 그래서요."

"그건 종근 씨가 오버하는 생각인 것 같네요."

"그럴까는 모르겠으나 할머니는 손주에게 아이고… 내 강아지 왔냐 그러시는 걸 심심치 않게 보게 되는데 배우지 못한 쌍놈의 집안임을 확실히 해두기 위해 소위 양반이라고 하는 사람들이 만든 못된 말이니 우리는 말릴 필요가 있어요. 오늘날이야 아니기는 하나 당시 양반이라고 하는 사람들은 참 못된 짓 많이도 했어요."

"그렇기는 하지만 욕 못할 우리 조부들이잖아요."

"그분들이 우리의 조부들이기는 해도 아닌 것은 아니라고 할 수밖에 없는데 이름을 남자답게 짓게 되면 수명이 짧다는 핑계를 들어 개똥이 등 천한 이름들로 지었나 봐요. 당시의 개똥이를 오늘날에서야 개동이라고는 하지만 말이요."

"사실이라면 당시 양반들 한 말 들을 만하네요."

"사실을 말하는 거요. 그래서 말인데 우리 민족이 침략당하게 된 것도 양반들의 잘못된 태도 때문이었다고 말할 수 있을 것 같아요."

"그럴 것 같기도 하네요."

"현재로 보면 말도 안 될 중국의 한자 문화를 우리의 것 인 양 써먹은 원인임에도 어찌 된 셈인지 국가를 걱정하는 학자들은 한자를 권장하겠다고 한 것이 안타깝네요."

"그런 안타까움은 우리가 해야 할 걱정이 아니어요."

"얘기를 하다 보니 하게 된 말이지, 걱정까지겠어요. 안 그래요?"

"그건 그렇고 종근 씨는 할머니로부터 이야기 들어보기는 했어요?"

"나는 할머니가 계셨는지조차도 몰라요."

"친할머니야 북한에 계셔서 모른다 해도 외할머니는 계셨을 거잖아요."

"외할머니도 그래요. 내가 태어나기도 전에 돌아가셨나 봐요."

"그렇군요. 그런데 제주도는 일본과 가까워 일본 배가 많이 들락거리기도 해서 그렇기는 했겠지만 돈 벌어 집으로 돌아와 가족들과 오순도순 살 생각을 해야지 그렇지도 않고 일본에 그대로 눌러 있어서는 안 될 건데 그랬네요."

"그렇지만 나처럼 장가 안 간 십 대들인 거겠지요."

"나처럼 말은 아니다. 아무튼 장가 안 간 십 대들이요?"

"물론 짐작이기는 해도요."

"짐작은 사실을 바탕으로 하게 되는 말 아니요."

"그런지 몰라도 관광지로 인기인 오늘의 제주도를 우리는 신혼여행으로 오게 됐네요." 남편 오종근 말이다.

"그런데 제주도도 양반을 모시는 노비가 있었을까요?"

"노비는 양반들 재산이기는 하지만 없었을 거라는 생각이요."

"그건 왜요?"

"그건 인구가 작아서는 아닐까 해서요. 그러니까 앞에서 말한 양반이 없을 것이기 때문이에요."

"양반이 없다면 그렇겠네요."

"그래서인지 전날로 보면 제주도 사람들은 육지에서 살아가는 사람들 사고방식과는 전혀 다른 사고방식으로 살지는 않았을까 싶어요."

"그럴 수는 있겠지만 살아가는 방식은 본인을 위한 삶일 텐데요."

"그거야 당연하지요. 그래서라고 말할 수밖에 없는 것은 제주민들은 일본 문물을 접했을 거요. 그러니까 임진왜란이니 등은 전쟁 용어일 뿐이라는 거지요."

"일본 문물 말을 들으니 생각이나, 일본이 우리나라에 피해만 준 게 아니라는 생각도 드네요. 그러니까 학교 등 말이요."

"그것도 있지만 당연히 대접받아야 할 기술자가 천대받는, 말도 안 될 사농공상을 일본은 없애려 한 거요. 뿐만이 아니어요. 남쪽엔 농업시설, 북쪽엔 공업시설을 만든 거요. 그러니까 지역 특성을 살려서요. 물론 우리 민족을 위해서는 결코 아니었겠지만 말이요."

오종근은 너무 아는 척했다고 생각했는지 아내 주예선 눈치를 본다.

"그런 말은 일본인들이 듣기 좋아할 말인데요."

"사실을 아니라고 말할 수는 없어 하게 되는 말이나 일본인들이 좋아할 말이기는 하네요."

"농업시설이든 공업시설이든 일본인들이 만든 시설들 모두를 두고 갈 수밖에 없었다는데 억울하기도 하겠지요?"

"그거야 말해 뭘 해요. 그렇지만 일본은 우리 민족의 혼까지 빼앗으려 했다는데 사죄가 필요해요."

"우리 민족의 혼까지 빼앗으려 했다고요?"

"그러니까 학교 교육 자체가 일본어를 모르면 입학시키지 않기까지 했으니 말이요. 다른 나라들은 그 민족이 지닌 생활 문화 등은 보존토록 했는데 일본은 우리 민족 역사까지도 말살시키려 했으니 말이요."

"만약이기는 하나 미국의 원자탄이 아니었다면 앞에서 말한 대로 우리도 일본식으로 주상, 오상, 그럴 뻔했네요." 아내 주예선 말이다.

"사실이었다면 사람 모양은 어땠을까요?"

"그거야 아니겠지만 생활 문화로는 일본 사람이 됐겠지요. 그건 그렇고, 제주도가 한때는 탐라국이기도 했고 전라도 일부이기도 했다는 것 같은데 그 부분도 종근 씨는 알아요?"

"거기까지는 공부를 더 해봐야겠네요."

"그래요. 너무 많이 아는 것도 모르는 것만 못할 수도 있겠지요."

"아는 것이 모르는 것만 못할 수도 있다는 그런 말은 나는 아니요. 처음에야 학교보다 취직이 먼저라는 생각에 대학 안 갔는데 사회적 인식상 고졸과 대졸의 차이가 어른과 아이 차이 수준 같아 대학은 가야겠는데 예선 씨는 인정하겠지요?"

"무슨 말이요. 대학 가겠다는 남편 대학 못 가게 가로막을 마누라가 세상에 있을까요."

"고마워요. 그래요, 대학 가겠다고 지금의 직장을 그만둘 생각은 없으니 그런 염려는 안 해도 돼요."

"염려를 내가 왜 해요, 안 해요. 나는 종근 씨를 도울 아내여요. 그러니까 대학 가도록 도움 말이요."

"그러면, 나는요?"

"그거야 말할 필요도 없이 건강만 챙기면 돼요."

"건강 얘기는 환갑이 지나서나 해야 할 말인데요."

"그렇기는 해도요."

"우리가 말도 안 되게 건강 문제 얘기를 하고 있는데 4·3 사건이 있기 전 제주도는 육지와 달리 평온했을 거요. 물론 사실까지는 짐작뿐이지만 말이요."

"짐작이 아닐 거요. 제주도는 대문도 도둑도 거지도 없었다면서 말이요." 아내 주예선 말이다.

"그래서 생각인데 제주도는 일본인들의 먹잇감은 아니었을까 싶네요."

"그러니까 제주도민이 너무도 순진해서요?"

"그렇지요. 그래서 생각인데 모든 생물체는 살아남기 위해 몸

부림을 칠 거잖아요. 그렇기에 약한 상대를 잡아먹으려는 악성이 인간에게도 어쩔 수 없이 있지요. 그래서 말인데 일본인들의 먹잇감 말이요."

"그러니까 우리 민족이 침탈당한 이유요?"

"그런 이유도 있겠지만 지금의 북한 단체라고 말할 수 있는 이른바 조총련계라는 조직이 그런 자들의 단체는 아닐까 해서요."

"조총련 말이 나와 생각인데 일본에 거주하는 한국인이 많았을까요?"

"많았는지까지는 모르겠으나, 조총련이라는 단체가 세운 학교가 여러 곳이라면 백만 명 이상은 안 될까 싶네요."

"그렇다면 일본군 중에 한국계 군인들도 있었겠네요."

"있었겠지요. 한참 전쟁인 상황에서 군인이 적어서는 안 될 건데요."

"그러면 군인 모집은 징병제 모집이었겠네요."

"징병제였겠지요. 일본군 얘기를 하다 보니 미운 일본이라는 생각이 다 드네요."

"밉다 생각은 하지 말아요. 나도 아니게 보일 수도 있을 테니 말이요."

"그건 말도 안 돼요." 남편 오종근 말이다.

"아무튼 제주도는 참 독특한 섬이네요."

"독특하지요. 그러니까 제주는 여자, 바람, 돌이 많다는 삼다도이기도 하지만 앞에서 말한 대문도 도둑도 거지도 없는 제주도라고도 하잖아요."

"그건 사람이 많이 살지 않아 그렇지 않았을까요?"

"그럴 것 같기도 하네요. 다만 해적 때문에 어려움은 있었을지 언정."

"해적이란 약탈을 말함이라면 일본인들이 한반도를 삼킨 것도 그런 의미의 말이겠지요?"

일본인들이 한반도를 삼킨 것도 그런 의미의 약탈이겠지요 하는 말은 남편의 말이 듣기 좋아서가 아니다. 하고 싶은 말 끊지 말자는 의도의 말이다.

"그렇지요. 아무튼 제주도는 늘 오고 싶은 섬이라네요. 신비의 도로도 있고요."

"그러면 신비의 도로 가봅시다."

"그러고는 싶은데 비행기 시간 때문에 안 되겠으니 아껴두었다가 우리 집 정리하고 다시 와서 가봅시다."

"그럽시다. 어젯밤 종근 씨의 아기가 생겨 꿈틀거리기 전에요. 허허."

"아이고, 예선 씨, 나 이제부턴 여보라고 할게요."

"할게요가 뭐예요. 여보, 그래야지."

"그러면 여보."

"왜 불러."

"왜 부르긴, 좋아서 부르지. 그런데 나는 장인어른 말 귀담아듣게 된 게 제주 4·3 사건 공원이라고 말할 수 있어요."

"나는 건성으로 들었는데 종근 씨는 착실히도 들었네요."

"착실히 듣다니요. 남로당 조직이 어떤 조직인지 어느 정도는 알고 있는데 하시는 말씀이라 흘려들을 수 없어 듣게 된 거지요."

"그러면 지금 한 얘기 장인과 하면 어떨까요?"

"나야 좋지요. 그렇지만 누군가는 얘기 분위기 띄워줄 사람이 있어야 할 게 아니요."

"그거야 당연히 마누라인 나죠."

"마누라란 말은 다시는 하지 말아요. 그런 말은 늙어 꼬부랑 할머니가 돼서나 어울릴 말일 테니."

"그렇기는 하네요."

"그래서 생각인데 우리는 절대로 늙지는 맙시다."

오종근은 당당해야 할 남자로서 평균 키도 못 된다는 이유로 장가도 못 갈 것 같아 그동안 고민이었는데 오늘은 얼마나 좋은가 싶어 하게 되는 말일 게다.

"지금 한 말 사실로 만듭시다."

"사실로 만들 방법은 있고요?"

"방법이 뭐겠어요. 웃는 게 방법이겠지요. 꽃 중에 가장 아름다운 꽃이 웃음꽃이라고도 하잖아요."

"그래요. 웃음꽃은 곧 사랑의 꽃이기도 할 거예요. 아무튼 우리는 웃고만 삽시다." 남편 오종근 말이다.

"그럽시다."

"그런데 하던 얘기 계속하면 그때의 돈이 제주도당에 다 뿌려

졌다는 거요. 물론 이승만 정부가 세워지는 걸 가로막기 위해서 겠지만."

"가짜 돈이든 진짜 돈이든 제주도 남로당에다 뿌린 돈은 그만 큼 중요해서겠지요?"

"그거야 말해 뭘 해요. 제주도는 당시만 해도 일본에서 공부한 지식인들이 모이는 곳이라고 해도 될 건데요. 그래서 말이나 이 승만 대통령이 세우는 대한민국이어서는 안 된다는 죽기 살기식 지식인들 말이요."

"지식인이라면 판단 능력도 있을 건데, 왜 망할 수밖에 없을 공 산주의 사상에 심취했을까 몰라요."

"일본 대학에서의 공부질은 나만 잘살고자 한 자본주의 사상이 아니라는 거요. 그러니까 오순도순해야 할 인간을 돈으로 부려 먹는 그런 자본주의 사회가 돼서는 안 된다는 그런 교육 말이요. 누구든 돈만 있으면 인간이지만 무슨 물건 취급하듯 했다는 미국 개척 시대 예를 들어."

"지금은 아닌데 그때는 그랬네요."

"그래서 말인데 공산주의자들이 주장하는 유물이란 뭔가에 대 해 생각해보면, 인간은 물질에 예속돼서는 안 된다는 거겠지요. 그게 당연한 이론일 수는 있겠으나 그것에 대해 억지를 부리기까 지 한다는 게 문제인 거요. 그래서 말이나 공산주의 사상을 완성 시키려면 이론에다 통제 시스템까지여야 할 건 당연해서 통제 수 단에서 칼은 반드시 있을 거잖아요. 칼 말이 나와 생각인데 일본 사람들 심리는 아니면 죽어도 아니라고 하는 사무라이 정신이라고 할까, 아무튼 그렇다는 거요."

"사무라이 말이 나와 생각인데 우리나라에도 화랑도 정신이라는 말이 있는데 사무라이 정신과 비교는 될까요?"

"사무라이 정신은 잔인성을 말함이고, 화랑도 정신은 국가를 위함이면 내 한 몸 바치겠다는 용감함이라고 보면 될 거요."

"일본인의 잔인성과 조선인의 용감성…."

"그런 얘기를 더 하면 일본 요코하니 상은 걷기 운동차 동네 한 바퀴를 돕니다. 동네를 돌면서 보니 내 아들이 사탕 가게 주인과 사탕을 몰래 훔쳐 먹었느니 훔쳐 먹지 않았다느니 말다툼인 거요. 그래서 요코하니 상이 사탕 가게 주인에게 말하길, '우리 애가 사탕을 몰래 훔쳐 먹었는지 안 먹었는지 알려면 우선 우리 애 배 속을 들여다봐야 알 게 아니요. 그러니 일단은 우리 애 배 확인부터 해봐야겠소.' 요코하니 상은 그러더니 본인 아들 배를 갈라 사탕을 몰래 훔쳐먹지 않았음을 사탕 가게 주인에게 확인시켜주고는 사탕 가게 주인 목을 치고, 요코하니 상 본인 목도 쳤다는 거요. 물론 꾸며낸 얘기일 테지만 일본 사람들 기질이 그렇다는 거요."

"그게 사실일지도 모르겠네요."

"사실이든 꾸며낸 얘기든 일본인의 잔인성을 말함이겠지요. 그러니까 중국 난징 학살사건을 보더라도 그래요."

"난징 학살사건은 나도 어느 정도는 들어 알고 있으나 어마어마하네요."

"그런 얘기는 사실일지라도, 일본인들을 싸잡아 말할 수는 없 겠지만 일본인들 잔인함은 말한 그대로 난징 학살사건이 그것을 말해준다고 봐도 될 거요. 그러니까 순진하게만 살아가는 민간인 을 말도 안 되게 재미처럼 학살했다니 말이요. 물론 전쟁 때 일이 기는 해도요."

"그와 같이 잔인한 일이 또다시는 없겠지요?"

"그거야 없기를 바랄 뿐이지요. 그렇게 말하는 건 모양만 다를 뿐 몰살 무기, 그러니까 일본 항복을 받아내기 위해 일본 본토에 투하한 원자폭탄을 봐서도요."

"불안을 안고 살아서는 안 되겠지만 우리도 전쟁이라는 문제에 서는 자유롭지 못하겠네요."

"일본인들 잔인함에 있어 더 말하면 일제 강점 시절 댐 공사장 노동자 한 명이 비실대는 거요. 그것을 본 공사장 감독관은 비실 대는 노동자를 한쪽으로 불러내, '자네 일하기 많이 힘들지? 그러 면 말이야. 오늘 일당은 구덩이 하나만 파는 걸로 인정해줄게.' 그 말을 들은 노동자는 감독관에게 고맙다는 인사까지 하면서 구덩 이를 열심히 팝니다. 그것을 본 감독관은 그만 파도 되겠다 싶어 구덩이 파느라 수고했다면서 총으로 쏴 죽이고 파놓은 흙으로 대 충 덮더니 잘 가거라 그랬다는 거요."

"그런 얘기가 사실일까요?"

"꾸민 말일 것으로는 보나 사실일 가능성은 넘쳐나요. 사실일 가능성이란 앞에서 얘기했던 중일 전쟁 당시 난징 사건같이 잔인을 자랑으로 여기는 일본인들이라서요. 물론 정신세계가 그릇된 사람이겠지만 말이요."

"그렇군요, 그런데 종근 씨는 아직도 예예 하는 거요."

"그렇기는 해도 예선 씨는 장녀이고 나는 막내라서 그런가 싶네요."

"나는 장녀이고 종근 씨는 막내라서 그런 말은 말도 안 된다. 종근 씨는 나보다 네 살이나 더 많으면서."

"나이야 그렇지만 우리의 만남은 나이로만 따질 그런 만남이 아니라서 하는 말이요."

"아니면 그건 뭔데요?"

"설명까지는 어렵고, 아무튼 그런 얘기는 집에 가서 할게요."

"오 서방!"

신혼여행을 다녀왔다는 딸과 사위의 인사를 받은 장인의 부름이다.

"예, 아버님."

"신혼여행을 제주도로 갔었다면 제주도 4·3 사건과 관련한 장소도 가봤을까?"

"예, 가봤어요. 물론 한라산까지는 아니고, 공원까지는 가봤어요. 그러니까 아버님께서 상견례 시간에 하신 말씀이 생각나서요."

"그랬구면, 아무튼 내가 오 서방에게 제주도 4·3 사건 얘기하는 건 다름이 아니라, 오 서방 아버지 얘기는 하고자야."

"아, 예."

"그러니까 오 서방 아버지는 두고 온 고향이 얼마나 그리우실까, 그런 생각이야. 그나마 고향 모습 사진만이라도 보실 수 있게 해드리겠다는 예선이 말을 믿고 계실 건데 오 서방은 잘 생각해 봐."

"예, 그렇지 않아도 그럴 만한 사람 찾고 있는 중이어요, 아버님."

"그것도 있지만 오 서방은 딸 시집보내는 부모 맘 알까?"

"…"

무슨 말씀을 하시려고 그런 말씀까지 하실까? 앞으로 잘살길 바라네, 그런 정도면 되실 걸 가지고.

"그래, 둘이는 앞으로 잘살아갈 줄로 믿어, 믿지만 나는 오 서방 장인이기도 하지만 인생 선배인 셈이야. 그런 점에서 예선이도 마찬가지가 될 건데 참고가 될 말을 해주고 싶어. 참고란 말이 뭐냐면 둘이는 지금이야 서로가 얼굴만 봐도 좋겠지만 항상일 수는 없을 거야. 내가 바로 경험자인 거야. 그런 말까지는 새로운 삶을 살아가고 있어서 엉뚱한 말을 해서는 안 되겠지만 이미 하늘나라로 떠난 사람과의 삶을 생각해보면 늘 사랑스럽기만 하던 그동안의 아내가 어느 날부터는 밉다는 생각이 끼어들기 시작하더라는 거야. 그러니까 내 생각을 벗어난 행동 등 말이야. 밉다는 생각이 어디 나 혼자만 그렇겠는가마는 나는 그랬어. 아무튼 이게 부부인 거야. 그래서 말이지만 딱 맞는 부부는 세상에 존재하지 않을 거라는 말 공감해. 그래서 좀 다른 얘기를 좀 한다면 철학자 소크라테스 얘긴데, 소크라테스는 생활 형편이 모자라기는 하나 일을 한다는 건 철학과는 어긋난다고 생각했는지 소크라테스는 하는 일도 없이 그러니까 거의 날마다 시장 또는 광장을 돌며 사람들을 붙잡고 철학 얘기만 하고 다니는 거야. 그런 소크라테스를 본 아내는 매우 못마땅하게 여긴 거야. 불만 말이야. 소크라테스 아내야 그렇지만 남편인 소크라테스는 아내를 무식한 여자라고 치부하기까지 한 거야. 그러기까지는 서로의 생각이 다르기 때문은 아닌가 해서 한번 해본 말이니, 오 서방은 참고로만 해. 물론 예선이도 마찬가지지만."

"아, 예."

"어쨌든 나는 오 서방 아내를 낳아 키운 부모 입장이야. 그래서 생각이지만 내게서 영원히 떨어져 나간다는 서운한 맘 너무도 커. 그래서 말인데 너나없이 흔하게들 써먹는 이민이라는 이유로 외국으로 나갈 생각일랑은 하지 말았으면 해. 내가 무슨 말을 하는지 오 서방은 알겠지?"

"아, 예. 알겠습니다. 그런데 저는 현재 다니고 있는 회사를 그만둘 생각은 물론 외국으로 나가 살 생각도 없어요. 아버님은 그런 걱정은 안 하셔도 돼요. 저는 예선 씨와 보란 듯 살아갈 테니까요."

"그래, 보란 듯 살아가야지. 그러지만 오 서방 아내를 낳고 키운 부모로서 서운한 맘은 지울 수가 없어 하는 말이야."

예선이 친엄마가 유방암이라는 이유로 영원히 떠나가버리고 없는 상황에서 시집을 보내는 것이 맘에 걸려 아버지로서 서운한 맘이 너무도 큰지 장인 주동성 씨 눈가에는 눈물이 고인다.

"아버님, 염려 마세요. 저 잘하고 살게요."

사위 오종근의 눈빛은 아버님의 귀한 장녀를 제 아내로 삼게 해주신 게 감사하다는 표정이다.

"그래, 잘살아야지. 그런데 생각해보니 오 서방에게 무거운 짐일 수도 있는 것이 처남과 처제들이야. 그것도 한쪽이 아니라 양쪽 말이야."

"예, 저는 그런 점도 생각하고 있어요."

"생각하고 있다니 더 할 말은 없을 것 같고 건강들이나 해."

"예, 아버님도 강건하세요."

"고맙네. 생각이지만 걱정 안 하는 것이 어디 말처럼 쉽겠는가마는 내가 말하는 건 이쪽저쪽 편 가르지 말라는 거야. 그리고 예선이 너는 오씨 집안 며느리인 걸 알겠지? 그게 무슨 말이냐면 시아버지 시어머니를 친부모처럼 여기라는 거야. 그러니까 호칭을 아버님 어머님이 아니라 아버지 어머니, 그렇게 하라는 거야."

"그렇게 할게요, 아빠."

"그러니까 아버님 어머님 그런 호칭은 오 서방이 하는 거고 말이야."

"예, 아버님." 사위 오종근 대답이다.

"그런데 생각해보니 이제부턴 친정아버지라고 해야 할 거잖아. 그러니까 남이라는 그런 의미 호칭 말이야."

"이렇게 기분 좋은 날에 별말을 다 하시네요." 아내 표인숙 간호사 말이다.

"그렇기는 해도 낳고 기른 아버지라서 그런지 서운해서요."

"그러면 서운한 건 오늘만으로 하세요."

"알았어요. 그런데 신혼여행 다녀온 인사는 고향에 계시는 부모님부터 찾아뵈어야 할 텐데 장인인 내가 먼저 받는 것 같다."

"아니에요. 사정이 그래서 고향 부모님한테는 내일 내려갈 거예요." 사위 오종근 말이다.

"그러면 말이야. 사정이 어쩔 수 없어 처가부터 들르게 됐다고 말해."

"예, 그렇게 할게요."

"그리고 예선이네 집에 자주 못 가도 서운해하지는 말어." 새엄마 표인숙 말이다.

"예, 엄마."

대답은 예라고 했지만 서운해하지는 말어 엄마의 말씀은 무슨 의미일까? 결혼이 엄마의 뜻대로 이루어진 게 아니라서일까? 그래, 소개하고자 했던 남자가 어떤 남자인지는 안 봐서 모르겠으나 괜찮은 남자일 것만은 틀림이 없을 거다. 다른 사람도 아닌 딸이기 때문이다. 물론 의붓딸이기는 해도 말이다.

"자기는 우리 아버지를 어떤 분으로 보는 걸까?" 주예선이 시댁으로 내려가면서 하는 말이다.

"장인을 어떤 분으로 보다니… 무슨 말이야?"

"내가 묻길 반대로 물었을까 몰라도 괜찮은 사위로 보시지 않을까 해서야."

"그거야 사랑하는 딸을 함부로 대할지도 모른다는 그런 염려의 생각으로 보시는 건 아닐까?"

가치 없는 말이나 고향까지 내려가려면 장장 다섯 시간이나 걸릴 것 같아서다.

"그래, 고맙다. 신혼여행은 잘 다녀왔냐."

오종근 부친은 막내아들 오종근과 막내며느리 주예선의 큰절을 받고서 말한다.

"예, 잘 다녀왔습니다."

"그런데 제주 감귤 보내주어 집집 나눠주었다. 한 상자씩이라서는 아닐 것이나 고맙다고들 받더라."

"다행입니다. 그건 종근 씨 작품으로 보시면 돼요, 아버지."

주예선은 시부모님에게 님 자를 붙이지 말라는 친정아버지 말씀을 따른 것이다.

"막내 너 지금 나더러 아버지라고 했냐?"

"예, 아버지."

"고맙다. 그러면 나도 막내 너를 사랑한다."

시아버지는 감격하신다. 감격까지는 예선이 네가 상견례 자리에서 보여준, 그러니까 두고 온 고향 모습인 사진만이라도 볼 수

있게 해보겠다고 해서 얼마나 기특했는지 눈물까지 나올 뻔해서
일 것이다.

"아버지, 저도 사랑해요. 어머니도요."

주예선은 시부모에게 저도 사랑해요 했다. 전날 같으면 한 말
들을 수 있는 엉터리 말이기 때문이다. 그러니까 배우지 못한 쌍
것들이나 하게 될 말로 인식이 될 수도 있다는 것이다. 그렇지만
나는 누군가. 오씨 집안 막내며느리이면서 새 며느리이지 않은
가. 그런 이유로든 시부모와 가까워지고 싶어서다.

"그래, 우리 사랑하자. 여보, 나 오늘이기를 기도 많이 했는데
그런 기도가 마침내 이루어진 것 같네요. 그래서 말인데 술 한잔
없소?"

"아니, 기분이 좋다고 술까지요?"

"당신이야 술까지냐고 말할지 몰라도 술은 오늘 같은 날 마시
라고 만든 거 아니요. 그렇지만 오늘만이요."

"알았어요. 그런데 그동안은 입 딱 닫고 사시던 분이 오늘은 웬
일이야."

"어허."

"어허는 무슨 어허요. 사실인데요. 막내야, 네 시아버지 기분이
너무도 좋으신가 보다."

"그러면 당신 기분은 나쁘고?"

"아버지, 감사해요."

막내며느리 주예선은 감사하다는 말을 입으로만 하는 것이 아

니다. 일어서서까지 한다. 그것을 본 남편 오종근은 아내가 너무도 예쁘다.

"아버지, 그런데 저 처제 처남과 합쳐야 할 것 같아요."

"처제 처남과 합쳐야 할 것 같다면 그건 왜?"

"그러니까…."

"그런 얘기는 제가 말씀드릴게요. 그러니까 친정아버지는 새엄마 집으로 합쳤어요. 그렇게 합치고 보니 두 동생만 남게 되는데 둘 다 학생이어요. 그래서 언니인 제가 간섭해주어야 할 것 같아요."

"그래, 네 결혼식 때 주례 목사님이 하신 말씀을 듣고 짐작은 했다만 막내 네가 짊어진 짐이 만만치 않구나. 많이도 고생스럽겠다. 아무튼 그러면 살아갈 집은 어디로?"

"집은 제가 그동안 살던 집으로요."

"그러면 거처할 방도 여러 개라야 할 거잖아."

"방은 네 개라서 가능은 할 것 같아요. 그러니까 방 공간을 많이 차지하게 될 장롱 같은 것도 없이 살자고 했으니까요."

"그렇다 해도 불편할 건데 그러자고 동생들과는 의논은 했고?"

"의논까지는 아직이어요. 그렇지만 좋다고 할 거예요. 물론 저혼자 생각이기는 해도요."

"그거야 당연히 좋다고 하겠지. 문제는 형부로서 매형으로서 어떻게 대해주느냐가 남아 있기는 하겠지만."

"그런 염려는 안 하셔도 돼요. 저 잘할 수 있어요."

"잘해야지. 네 장인이 말한 오제도 검사 얘기가 아니어도 막내 너는 오씨 집안 아들인 거야. 그러니까 하늘이 무너져도 해내겠다는 그런 자부심 말이다."

"기억할게요, 아버지."

"기억하겠다는 말 안 해도 된다. 아무튼 합치고 살아라."

"알겠습니다, 아버지. 그런 말씀을 듣고자 아내가 먼저 말을 꺼낸 거예요. 그러니까 모양새가 처가살이처럼은 곤란하다, 아버지는 혹 그러실지 몰라서요."

"처가살이가 아니야. 변화된 시대에 따라 살아가는 게지. 그래서 말이지만 애비는 너희들 자식 두는 문제까지도 신경 쓰지 말라는 것이다. 그러니까 아들 손주 때문이라면 나는 이미 고등학생이기도 한 장손도 있어서다. 꼭 그래서만은 아니나 막내 너는 그런 줄 알고 자식 두는 문제는 자유하여라."

"아버지, 감사합니다."

막내며느리인 주예선은 감사합니다 말을 벌떡 일어나서 까지 한다. 그렇게는 남편과 연애 시절에 한 말이기는 하나 아들 둘, 딸 셋을 둘 생각이라고 했다. 그랬던 말이 사실로 이루어질지는 몰라도 맨 처음에 낳게 될 아이는 아들이어야 한다는 게 큰 부담이어서다.

"감사라니. 그러면 막내 너 아들 손주 낳아야 할 문제 때문에 그동안 걱정했다는 거냐?"

"그건 아니지만…"

말이야 그건 아니지만 했지만 오씨 집안 며느리로 들어왔으면 아들 손주를 안아보시게 해드리는 게 당연하다 하겠으나 생각해 보면 아들 손주를 낳고 못 낳고는 내 의지가 아닌, 어디까지나 창조주 영역이지 않은가. 아무튼 자식을 두어야 할 문제가 고민이 었는데 그런 고민을 시아버지께서는 단번에 내려놓게 해주셨다.

"그런데 형님!"

"그래."

"다름이 아니라 저는 결혼만 했을 뿐 살림살이란 게 무엇인지 아무것도 몰라요."

"무슨 말이야, 살림살이가 무엇인지 모르는 거야 당연하지."

"형님 그래선데, 우선 낙지볶음부터 배우고 싶어요."

신혼여행길에서 한 말이지만 집에 가면 낙지볶음 해줄 거라는 말 남편에게 해서다.

"그거야 어렵지 않겠지만 낙지볶음 얘기는 동서가 한 말이 아니고?"

"그렇기는 해요."

"그러니까 낙지볶음 얘기는 신혼여행길에서?"

"무슨 얘길 하다 낙지볶음 말이 나왔는지 기억은 없어도 집에 가면 해주겠다고 해서요, 형님."

"그래. 낙지볶음 너무도 좋아해서 만들어 먹였어. 자주는 아니어도."

"그러면 종근 씨를 얼마나 데리고 있었어요?"

"같이 있기는 삼 년 정도인 것 같아. 그건 왜?"

"착실은 했고요?"

"착실한 거야 주례사를 들었을 거잖아. 그런데 나는 동서가 궁금해. 그러니까 광고 시간에 새엄마가 하신 얘긴데 동서는 그런 얘기를 해줄 수 있을까?"

"할게요. 그런 얘기는 길기도 하지만 새엄마를 서운하게 해드렸어요."

"서운하게 해드렸다는 이유는?"

"서운하게 해드린 이유는 종근 씨와 만남의 얘기를 새엄마도 모르게 했다는 이유일 거요."

"그랬구면."

"이유를 설명하면 교회 부목사가 하시는 말씀이 결혼을 늦추지는 않을 거냐고 묻는 거요. 느닷없는 물음이기는 하나 대답하길, '결혼이 급할 필요도 없지만 늦출 필요 없는데 그건 왜요?' 저는 그랬더니 종근 씨 소개말을 하는 거요. 그래서 만나보게 됐고 일사천리식으로 고향 부모님을 뵙기까지인 거요. 그러니까 저는 새엄마 생각은 못 하고 종근 씨만 생각한 거예요. 아무튼 제가 그러는 동안 새엄마는 간호사라 같은 병원 총각 의사에게 제 사진까지 보여주면서 만나보게 해주겠다는 약속까지 했나 봐요."

"새엄마가 총각 의사에게 동서 소개를 사진까지 보여줄 정도면 새엄마는 총각 의사를 사위로 삼겠다는 굳은 맘이었을 텐데 아니게도 도련님이 동서를 가로챈 거네. 그런데 내가 이런 말까지 해도 될지 몰라도 동서는 너무도 예뻐. 그래서 말이지만 우리 도련님은 직장만 좋을 뿐이라 좀 그래."

직장만 좋을 뿐이라 좀 그래, 그런 말까지는 하지 말았어야 할 건데. 윗동서는 그랬다는 건지 미안해하는 표정이다. 말은 은이요, 침묵은 금이라는 말이 그래서 나온 말일지 몰라도 생각을 해보면 한번 잘못 내뱉은 말은 상대에게 큰 상처는 물론이거니와 그 무엇으로도 회복 불가능할 정도까지 될 수 있음을 우리는 알아야 하겠다.

"형님은 저를 너무 높게 보시는 거 아니요?"

윗동서가 말실수로 미안해하는 것 같아 주예선은 에둘러 하는 말이다.

"입이 방정이기는 해도 사실이야. 도련님이 들으면 뭐라고 할지는 몰라도."

"형님은 그려서도 저는 생각이 있어요."

"뭐, 생각…?"

"그리니까 종근 씨가 저를 좋아하면 그런 복을 누가 받겠어요. 새엄마의 관계도 꼭 그래서만은 아니나, 친정아버지가 재혼식을 마치고 보니 새엄마 쪽 아이들이 보이는 거요. 그래서 불러 모아 한 말이, 우리는 이제부터는 피만 섞이지 않았을 뿐 자매인 거야. 저는 그렇게 말한 거요. 그러니까 보호도 해주어야 할 장녀라는 생각 말이요. 그런데 새엄마 쪽 동생이 눈물을 훔치는 거요. 그래서 너 왜 우는 거야 물으니 새아빠가 오시면 모를까, 그게 아니면 빈집이나 다름이 아닐 건데, 애들은 그런 투로 말하는 거요. 그래서 우리 아버지를 기에 네가 가져가면 될 게 아니냐, 저는 그리 말한 거요."

"동서 말이 지금은 사실대로 된 거잖아."

"사실이 된 건 다행이나 그런 문제가 아버지와 새엄마도 너무도 고민스러워 거처할 집 마련은 일단 우리 집 근처에 두기까지 했나 봐요."

"거기까지는 이해한다 해도 두 지붕 아래 한 가족처럼이라는 말은 무슨 말인 거야?"

"두 지붕 아래 한 가족처럼이라는 말은 한 상에서 밥 먹기를 말하는 것인데 한 번은 새엄마 집에서, 한 번은 저희 집에서 먹자는 거예요. 그러니까 굳이 따지면 공평하게 말이에요."

"그러면 친동생들은 좋다고 했고?"

"좋다고는 안 했어요. 그렇지만 다른 방법이 없다 싶었는지 제 생각에 따른 거지요. 아무튼 그렇게 해서 아버지를 새엄마 애들과 함께 지내시게까지 해드렸는데 사실을 동네 사람들이 몰라서는 안 된다는 생각에 모두 오시게 해서 축하의 의미로 꽃다발 증정해드리는 그런 이벤트도 가졌어요. 형님, 저 이만하면 잘한 거지요."

"당연히 잘한 거지. 동서는 정말 멋진 동서다. 나 동서 한번 안 아볼게."

큰동서는 막냇동서인 주예선을 꼬옥 끌어안는다.

"형님, 감사해요."

그래요, 생각해보면 오늘을 만들기 위해서는 아니었지만 종근 씨와의 결혼은 잘한 것 같아요, 주예선은 그런 맘인지 빙긋 웃는다. 그래서 말이나 웃음은 동서끼리만이 아니라 인간관계에서도 웃음으로 인해 잘못될 수는 없지 않겠는가. 그래서 말이지만 라면 광고에서 보여주기도 했던, 형님 먼저 아우 먼저를 참고하라는 것이다. 그러니까 동서끼리 집안을 부드럽게 해야 할 의무이기도 한, 의기투합 말이다. 그렇다는 점에서 설명까지 필요할까마는 생활 형편이 평범할 때는 오순도순하다가도 악일 수도 있는 돈이라는 게 개입이라도 하는 날엔 그동안 좋게만 보이던 악의 본심이 보이게 되니 그런 점도 참고하라. 그러기에 엉뚱한 말일지는 모르겠나 공산주의가 바로 그런 발상의 제도다. 그러니까 공산주의 사상은 순하지 못한 인간 본성을 억제하자는 차원으로 만들어진 제도라는 것이다. 그렇기는 하나 공산주의 사상은 억지라서 현재로서는 폐기 수준에 있기는 하지만 말이다.

"감사가 뭐야, 말도 안 되게. 그런데 새엄마는 몇 살일까?"

"몇 살인지까지는 모르겠고 내년에 대학 갈 딸이 있으니 사십 대 중반은 아닐까 해요. 보기로는 피부도 너무도 고와 그렇게 안 보이기는 해도요."

"그래? 동서는 좋은 쪽으로만 보는 것 같다. 맘씨가 좋아서."

"좋은 쪽으로 보는 건 아니에요. 아무튼 친정아버지는 새엄마를 만나시고부터는 친엄마 대하실 때보다 더 좋아하시는 같아요.”

“친엄마는 의무라는 게 있겠지만 새엄마는 좋아 만난 게 아니겠어.”

“형님 말씀대로 그렇기도 하겠네요.”

“아무튼 동서 앞에서 말하기는 좀 그러나 난 동서를 만나게 된 게 다행이야.”

“형님, 저 잘못해도 본심은 결코 아니니 용서해주세요.”

“아이고… 이것아.”

‘아이고… 이것아’까지는 한참 동생 같은 나이이기 때문이다.

“제 얘기를 더 하면 이래요. 엄마는 간호사였는데 어느 날은 엄마가 어두운 표정을 하고 들어오는 거요. 그래서 엄마 어디 아픈 거야, 저는 그랬던 거예요. 엄마는 점심 먹은 게 탈이 났는가 봐, 그런 투로 얼버무리는 거요. 아무튼 그러고서는 엄마는 유방암이라는 이유로 급히도 입원하게 된 거요. 그러니까 저는 대학 가려고 시험 준비 중일 때예요.”

“그러셨구나, 위로한다.”

“아무튼 엄마가 그렇게 해서 떠나시고 보니 집안 꼴이 말이 아닌 거요. 그러니까 아버지는 홀아비 신세가 되고 말았느니 말이요.”

“고생했다.”

“형님 말씀이 아니어도 고생 좀 했어요. 고생 좀 했다는 건 엄마가 없는 상황에서 나를 낳아주신 아버지이기는 해도 경계 대상인 남자인 거요. 이를테면 한 소파에 앉게 될 문제까지도요. 그래서 저는 아버지 재혼 문제가 시급하다 싶어 제가 섬기는 교회 담임목사님께 장문 편지까지 쓰게 된 게 효과로 나타나기는 했지만 말이요."

"그러면 동생들은?"

"동생들이야 언니가 있으니 그런가 보다 했을 거요. 그렇기는 태도가 평범해 보였으니까요."

"그게 장녀겠지."

"장녀라서 그런지는 몰라도 아버지와 함께해도 되겠다 싶은 남자 동생 침대를 아버지 침대 곁으로 옮기기까지 했어요. 그랬지만 그것도 막내가 집에 있을 때만 안심인 거요."

"나는 그럴 리가 전혀 없이 살았으나 이해가 된다."

"그러면 형님은요?"

"나야 오빠들 틈에서 자라서인지 장녀라는 말조차도 몰라."

"그런데 형님, 저는 다시 태어난다 해도 장녀로 태어날 거요."

"뭐…?"

"그러니까 누구는 아니라 말할지 몰라도 동생들을 휘어잡는 재미도 있어서요."

"아니, 동생들을 휘어잡는 재미…?"

"예, 재미요. 그러니까 집안에서 머리 쓰기는 장녀일 거잖아요."

"그렇기도 하겠지."

"누가 말했는지는 몰라도 자식 많은 가정의 장녀는 그만한 가치로 인정도 해준다고 해서요. 물론 그런 얘기는 전날 얘기이기는 해도요."

"그래, 동서 말을 듣고 보니 장녀가 이혼했다는 말은 아직 못 들은 것 같네. 그건 그렇고 궁금한 게 또 있는데 동서에게 어울릴 신랑감 많고도 많을 건데, 하필이면 종근 이를 신랑감으로 했는지야."

"그건 종근 씨가 결코 좋아서만이 아니어요."

"좋아서가 아니면?"

"앞으로 태어날 2세 때문이라고 할까, 저는 그런 생각이기도 했어요. 그러니까 비단 인간만일지 몰라도 2세가 태어나기는 더 좋은 쪽으로 태어날 거라고 본 거요."

"아니, 2세가 더 좋은 쪽으로 태어날 거라니. 무슨 소리야."

"그러니까 종근 씨의 모자란 부분이 제 체형으로 맞춰지게 될 거라는 거지요."

"동서, 지금 말 놀랍다."

"놀라실 게 없어요. 형님도 보고 계시다시피 키가 너무 크다 싶은 사람끼리 부부인 경우는 없잖아요."

"그렇기는 해도."

"그래서 말인데 종근 씨 다리 장딴지가 어떻게 생겼는지 본 거요."

"아니, 종근이 장딴지를 보다니…?"

"그러니까 실제로 본 게 아니라 소개하면서 해수욕장에서 찍은 사진도 보여주기에 보게 된 거예요."

"그렇다 해도 동서는 대단하다. 누구도 모를 남자 장딴지까지

봤다면."

"대단한 건 아니어요. 그러니까 어른들이 주고받던 사주팔자 얘기에서 얻게 된 지혜랄까 아무튼 그래요."

"그래, 동서는 두 지붕 아래의 삶을 한 가정처럼 만든 일 등을 보면 동서를 따라갈 누구도 없지 싶다."

"그게 아니어요. 어쩌다 보니 이만큼이어요. 형님."

"어쩌다 보니라는 말 인정한다 해도 동서는 나이로도 이제 갓 이십 대 초반이야. 그래서 말이지만 보통 가정집 딸들은 엄마 속 도 썩힐 나이야."

"형님 말씀대로 그럴까 모르겠는데, 그것도 어쩌면 자연스러운 것 같지만 그게 아니라 제게 주어진 복이라고 생각해요, 형님."

"그래. 동서는 그런 복 계속 누릴 자격자야. 칭찬으로 들릴지 몰라도."

"형님, 감사해요. 앞으로 잘하고 살게요."

"그래, 동서는 어느 부부보다 더 잘살아야지."

"형님, 감사해요."

"예선 씨!"

남편 오종근은 아내인 예선이와 살도 부볐으니 이젠 여보라고 해야겠지만 그러기까지는 아이가 있고서나 할 건지 그래서다.

"예, 그런데 예선 씨가 뭐예요. '이봐!' 해도 될 건데."

"그렇게까지는 좀 그렇다."

"그러면 자기 눈 한번 감아봐요."

"눈 감으면?"

"말이 많다. 눈 감으면 될 걸 가지고."

신혼인 주예선은 송 목사님 소개로 해서 만나게 된 부부이기는 해도 '예'라는 높임말까지는 아무래도 아닌 것 같아 반말로 바꾸려 해서다. 물론 신혼 첫날밤에서는 그런 점을 무시하긴 했지만….

"알았어요."

눈 감으라는 건 뽀뽀해주기 위함일 것이다. 그러나 신랑 오종근은 입까지 내밀기까지는 용기가 나질 않는지 눈만 감는다.

"또 '예'다."

"알았어."

그렇게 해서 오종근은 지구를 짊어질 인물로 태어날지도 모를 한 녀석을 주예선 몸에다 심는다. 시간은 얼마나 흘렀을까. 창문 틈으로 들어온 아침 해는 밤새도록 애쓰느라 배도 고플 텐데 그만들 자고 일어나라고 깨운다.

"지금 몇 시야."

예상이야 했으나 오종근은 에로스의 선물을 적극적으로 채워준 아내를 보면서 말한다.

"시간 알아서 뭐 하게."

"그렇기는 하지. 지금은 우리 시간인데."

"그래, 말할 필요도 없이 우리 시간이지."

"고마워."

남녀가 지닌 성 문제에 대해 가르치는 교육자조차 객관적이지 않다면 이유는 뭘까? 성경에서 말하는 성 문제는 창세기 1장에서 말하고 있지 않은가. 그러니까 하나님이 그들에게 복을 주시며 하나님이 그들에게 이르시되 생육하고 번성하여 땅에 충만하라, 땅을 정복하라, 바다의 물고기와 하늘의 새와 땅에 움직이는 모든 생물을 다스리라 하시니라, 말씀 말이다.

"아니기는, 그러지 말고 그냥 누워 있어." 아내 주예선 말이다.

"더 누워 있으라고…?"

"우리가 결혼했으면 튼튼한 아이가 생기게는 해야 할 거잖아."

"아니, 튼튼한 아이가 생기게까지…?"

신랑 오종근은 남자라는 본능뿐인데 아내는 아이가 생기게까지라니 놀랍다. 여자들마다 다 그런지는 몰라도. 그래, 생각해보면 성 욕구가 어디 여자 남자 따로이겠는가. 번식이라는 차원으로 봐서도 말이다.

"여러 말 할 것 없어. 그냥 눕기나 해."

'여러 말 할 것 없어. 눕기나 해' 하는 아내 주예선 말은 몸에 남아 있는 거 모두를 쏟아버려, 그런 의도의 말일 거고 아기 씨 심는 기계 충전은 밥 한 끼면 충분하다잖아, 주예선은 그런 생각인지 신랑 오종근을 또 끌어안는다. 아무튼 그렇게 해서 남편 오종근과 아내 주예선은 사랑의 자유를 맘껏 누리게 된다.

"그리고 생각인데 당신 동생들을 내가 도우면 안 될까?"

"동생들을 도우면 안 될까라니… 그게 무슨 말이야?"

"그러니까 상여금 말고도 내 연봉이 자그마치 1억 가까이 되잖아. 그래서지."

"그런 일은 자기가 알아서 해. 그러니까 마누라인 내 눈치 볼 필요도 없다는 거야."

"그래서 말인데 양쪽 동생들 용돈까지도 내가 다 도와주면 해서야. 그렇게는 당신 동의가 필요해서 하는 말이야."

당신 동의가 필요해서 하는 말이야 하는 말까지는 다른 게 아니다. 결혼한 부부라면 남편의 소득도 공동소유이기 때문이다. 민법에서도 말했듯, 그게 아니어도 아내는 너무 맘씨까지도 예뻐서다.

"그러면 내 동의면 다 되는 건가?"

"안 될 게 뭐 있겠어. 맘이 문제이지."

"그렇기는 해도 고향에 아버님 어머님이 계시잖아." 아내 주예선 말이다.

"아니, 고향의 부모님?"

"그래, 부모님."

"부모님 생활 형편은 괜찮으시니까, 용돈만 드려도 돼."

"난 며느리라 잘 모르겠다."

"그리고 돈을 드릴 거면 아들이 아니라 당신 손으로 드리고 말이야."

"내 손으로 드리라고?"

"그렇지, 누가 그러데. 시부모님 용돈은 며느리가 드리고, 장인 장모님 용돈은 사위 손으로 드리라고."

"그런 말은 나도 듣기는 했어."

"그리고 말이야. 생각해보니 회사 정규직 사원이니 앞으로도 이십 년은 더 근무하게 될 텐데 그 돈 다 어디다 쓰겠어. 돈을 쓰자 해도 나는 돈 쓸 시간도 없잖아. 그래서 그러는 것도 있지."

"그래서 동생들에게 쓰자는 건가?"

"동생들에게 몇 푼이나 된다고 그래."

"그래, 고마운 생각이나 조심할 것도 요구되는 게 돈이라고 하잖아. 그래서 말인데 돈을 주더라도 새엄마 맘이 불편하지 않게 쓰자고. 그러니까 새엄마도 그만한 돈을 벌어서야."

"여보, 지금 뭐 해."

남편 오종근은 장모가 말하려다가 만 내용이 너무도 궁금해 아내에게 묻고자 부른다.

"뭐하기는, 내일 친구들 오라고 해서 뭘 좀 만들고 있는데 왜?"

"그래? 그러면 내가 도와줄 일은 없어?"

"도와주지 않아도 돼. 다 됐으니까."

"도와주지 않아도 되면 나 야구나 보고 있을게."

"알았어."

아내 주예선은 주방에서 곧 나온다.

"야, 이게 뭐야. 3루 주자까지 병살타잖아!"

"병살타?"

"우리 기아가 이러면 안 되는데…."

"몇 번 타자가 아니게 친 거야?"

야구는 남성들이 즐길 경기이지 여성들로서는 별로인 경기다. 그렇지만 남편은 기아자동차 회사 사원으로 기아와 두산 대결의 게임을 무심하게 볼 수 있겠는가. 그래서다.

"1사 상황에서 5번 타자가 친 건데 3루 내야수 손에 잡히더니 그렇게 됐네."

"그래? 야구는 남자들이 좋아하는 것 같은데 자기도 그런 건가?"

"그거야 당근이지. 그렇지만 야구에 빠질 정도는 아니야. 물론 빠질 시간도 없고."

"그러니까 회사 일이 바빠서?"

"꼭 그래서 그런 건 아니지만 시간이 되면 야구가 아니어도 스포츠는 보게 돼. 그런데 그것도 당신 때문에 더 재밌어."

"무슨 소리야. 남이 들으면 웃겠다."

"웃어…? 그런 말에는 열 번 웃어도 좋다. 그런데 당신 한국 프로야구를 누가 만들었는지 알까?" 남편 오종근 말이다.

"한국 프로야구 만든 사람…?"

"프로야구 자체를 모르면 만든 사람이 누구인지도 모르겠지."

"한국 프로야구는 관심이 없어서 몰라. 그런데 전두환 대통령이 만든 거라고 하는 것 같던데 맞는 건가?"

"맞아. '야, 이놈들아! 대한민국 대통령이 되겠다는 김영삼, 김대중 그 작자들 어떤 작자들인지나 알고 떠들어라! 깜도 못 되면서 대통령이 되겠다고만 아니냐! 박정희 대통령 정부에서 보기도 했겠으나 그들은 국가 발전은 안중에도 없고, 오로지 정권만 쟁취하려 선전 선동만 한다. 양 김의 성향을 살펴볼 필요도 없이 김영삼이가 대통령 된다고 하자. 그러면 김대중이가 김영삼 정부에 협조할 것이며, 반대로 김대중이가 대통령이 되면 김영삼이가 김대중 정부에 협조할 것인가야. 정치를 모르는 사람들에게 물어봐도 천만의 만만의 콩떡일 게다. 그러니까 국가 경제 장관에게 당신은 경제 대통령이 되라고 해서라도 국가가 잘 굴러가고 있는 정부에다 대고 그대들은 삿대질이나 하는 건 잘못이니 그런 짓은 그만 멈추고 야구나 보고 놀아라.' 그랬다는 거야."

"그런데 자기는 일은 하지 않고 그런 거나 연구한 건가?"

"뭔 소리야. 나는 일 잘한다고 근로자에게 주는 모범상도 한 번도 아닌 두 번이나 받았어."

"그러면 그 표창장은 어디다 뒀어?"

"표창장 꺼내 와?"

"지금은 아니야. 차분할 때."

"그래, 차분할 때 봐. 그리고 당신 친구 몇 명이나 되는 거야?"

"친구야 많지, 많지만 오라고 할 친구는 몇 명 안 돼."

"그래도…."

"열대여섯 명, 아무튼 그래."

"열대여섯 명이 많지 않다고…?"

"그러면 많은 건가?"

"내가 생각하기엔 많은 것 같은데. 아무튼 자주 데리고 와. 나 당신 친구들 늘 와도 싫다고는 안 할 테니."

"내 친구들이 늘 와도 괜찮다고?"

"그래."

"그 말 고맙기는 하나 자주는 아닐 테니 그런 줄 알아."

잘하고 사는 것은 다른 사람들이 말해야지 일부러 보여주는 건 되레 흉일 수도 있어서다. 그래, 결혼은 했으나 앞으로 많이 배워야 할 사회생활 초년생이다. 어떻든 결혼해 가정을 꾸렸으니 행복해야 할 것은 말할 필요도 없다. 그렇지만 행복한 가정을 만들기까지는 아내 손에 달렸다지 않은가. 그래, 어느 남편이든 내 남편도 품어주는 어머니 같은 아내이기를 바랄 것이다. 그것을 알면서까지 남편 맘에 반하는 행동을 해서는 안 되지 않겠는가.

"그러면 잠깐 비켜 있으면 될 게 아니야."

"잠깐 비켜 있어?"

"나도 회사 친구들 부르고 싶어서 하는 말이야."

"회사 친구들…?"

"아니다. 회사 친구들은 안 되겠다."

"그건 왜?"

"당신이 예쁘다고 당신만 쳐다보면 곤란할 것 같아서."

"쳐다볼 테면 쳐다보라고 해. 빼앗아 갈 것도 아니잖아."

"그래도 아니야."

친구들 아내 중에 내 아내보다 더 예쁜 여자는 없을 것 같다. 드러내놓고 말할 수는 없어도 자랑하고 싶은 아내다.

"그래도 아니라면 무슨 생각을 했는데?"

아니, 이러다간 남편이 의처증에 걸려 내 생활이 자유롭지 못할지 모른다. 아내 주예선은 그런 생각으로 남편의 표정을 슬쩍 본다.

"아니야. 그건 그렇고 장모님 말씀이 오 서방한테 사과할 말이 있는데 받아줄 건가, 그러시더니 아니야, 하시던데 당신은 그럴 만한 일이 있었어?"

"자기 장모님이 왜 아니야 했는지 모르겠지?"

"그거야 모르지."

"그래, 그럴 일이 있기는 해."

"그럴 만한 일이 있다고?"

"그러면 그런 얘기는 저녁부터 먹고 차분하게 할게."

"그래, 저녁부터 먹자. 그런데 당신 음식 솜씨 언제부터 좋았던 거야."

"음식 솜씨 괜찮아?"

큰동서에게서도 배운 낙지볶음이다. 그러니까 신혼여행길에서 남편에게 말했던 그런 낙지볶음 말이다. 그래서 말이지만 남편을 휘어잡으려면 잠자리 만족과, 맛있는 음식이라야 할 것이다.

"괜찮고말고."

"괜찮다니, 물론 형님에게서 배운 솜씨이기는 해도."

"그러니까 형수님?"

"그래, 그런데 나 이제부터는 큰집에 자주 가도 말하지 않겠지?"

"그걸 말이라고 해."

나는 누구보다 행복한 사람이다. 형제 중 막내이면서 누구도 부러워하는 신의 직장이라고 해도 될 기아자동차 회사 정규직인데다 보고만 있어도 배부를 그런 예쁜 아내. 잠자리도 맘에 들게 해주기도 하지만 어떤 녀석이 태어날지는 몰라도 아버지가 되게 아내가 임신까지 해서다. 아내가 좋기로는 그것만이 아니다. 출근할 때마다 문밖까지 따라 나와 잘 갔다 오라면서 손까지 흔들어주는 고마운 아내다.

"생각해봤는데 살림살이가 아직 왕초보라 살림살이는 형님에게서 배워야겠더라고."

"그러니까 내 입맛 맞추려고?"

"그렇기도 하지만 형님에게 있어 나는 막냇동서잖아. 그래서 형님에게 가까이하는 게 좋겠다 싶어서여."

"좋겠다가 아니라 그게 가정 평화이지 않겠어. 당신은 그런 일이 아니어도 누구도 해결하기 어려울 두 지붕의 가족을 한 가정처럼 만든 장본인이잖아."

"그건 잘한 일기는 하나 칭찬까지는 좀 어색하다."

"어색하기는… 만든 말이 아니잖아. 있는 사실을 말한 거지."

"그렇기는 해도. 아무튼 그리고 저녁 먹고 하겠다는 말 지금 할 건데, 새엄마 얘기를 하자면 다음과 같아."

주예선은 그러면서 거울을 본다. 그것은 누구는 우리의 관계를 두고 미녀와 야수라고 할지도 모르겠다는 생각으로 말이다.

"얘기를 하자면, 새엄마는 당사자인 나한테는 묻지도 않고 총각 의사에게 장모가 되어주면 안 되겠냐고 했다는 거야."

"그래? 아니길 다행이지만 만약 장모님 생각이 맞아떨어졌다면 나는 장가조차도 못 갈 뻔했잖아."

"장가를 못 갈 뻔했다는 말은 아니다. 자기는 젊은이들 선망의 대상일 수도 있는 신의 직장이겠다, 부모님을 모시지 않아도 될 막내겠다, 그런 최상의 조건을 다 갖춘 사람이라 장가라는 말만 꺼내도 괜찮은 여자들은 줄을 설 건데 무슨 소리야."

"그래서 말인데, 사실은 말하는 곳도 있기는 있었어."

"그러면 맞선도 봤고…?"

"맞선까지는 아니었어."

"그러면 그때는 장가갈 생각이 없었다는 건가?"

"장가들 생각이 없는 게 아니라, 누워 잘 집도 없이 직장뿐이라 그래서였어."

"그러면 그들의 남편감을 내가 빼앗은 거잖아."

"빼앗은 건 당신이 아니라 나일 수도 있어. 물론 당신을 아내로 삼게 다리까지 놔준 송정관 목사가 있기는 해도."

"그런 말이 나와서 생각인데 새엄마는 나를 괜찮게 봤는지 같은 병원 총각 의사를 사위 삼고자 했나 봐. 그러니까 어떻게 챙기셨는지 몇 년 전에 찍은 내 사진을 보여주면서 하신 말씀인 것 같아. 새엄마 말씀을 들으면…."

"그러면 당신 그 사진 어디에 뒀어."

"보고 싶어?"

"그거야 당근이지. 말 안 했다면 또 모를까 말까지 했는데…."

장모님이 사진을 보여주면서 말했다면 언제 찍은 사진인지는 몰라도 예쁜 사진일 텐데 어디서 어떻게 찍은 사진일까?

"이건데 잘 나온 사진인 건가?"

아내 주예선은 사진첩에서 꺼낸 사진을 남편인 오종근에게 건네면서 약간의 미소까지 짓는다.

"아이고…."

젖무덤이 보일 듯 말 듯 풀어헤친 하얀 블라우스 차림, 여성으로서는 최상의 몸매. 어디서부터일지 몰라도 맑게만 흐르는 한강 물, 그냥 흐르기는 아닌 것 같다는 듯 조금은 출렁이게 하는 바람, 그런 바람 앞에서 휘날리는 긴 머리카락. 하늘색 스카프, 곧 떨어질지도 모르는 물방울 같은 옥색 귀걸이, 만져볼 테면 맘 놓고 만져보라는 풍만한 젖가슴, 남성들 간도 녹일 하얀 치아의 미소, 아치형 성산대교 난간에서의 자태, 높은 구름 몇 점 떠 있는 서해 쪽을 배경으로 한 사진, 남편 오종근은 사진을 황홀한 맘으로 보더니 챙기려 한다.

"사진을 봤으면 줘야지. 왜 챙기려 하는 거야."

"챙기기는 왜 챙겨, 안 챙겨. 차에다 두려고 그래."

"뭔 소리야. 차에다 두다니…?"

"내가 가지고 있으면 안 된다는 법은 없잖아."

"안 될 거야 없지만 한번 봤으면 됐지, 법까지 따지는 건 또 뭐야."

"이 사진 차에다 두고 보고 싶을 때 보면 안 된다는 학설이라도 있다는 건가?"

"학설? 별말을 다 갖다 붙인다. 그냥이라고 하면 될걸…"

"그래, 알았어. 그런데 말이야, 나도 생각이 있어서야."

"생각이라니…?"

"회사 일 하다 보면 이런저런 일로 스트레스가 쌓일 때도 있어. 그때 써먹자는 거여."

"스트레스가 쌓여서는 안 되는데."

"스트레스가 쌓일 일은 없어. 없지만 아무튼 심리적 위로 차원."

"그러면 다른 사람에게 보여주지는 말기다."

"그거야 말할 필요도 없지."

"나중에 태어날 애들에게 보여줄 사진을 괜히 보여줬네."

아내 주예선은 나중에 태어날 애들에게 보여줄 사진을 괜히 보여줬네 말이야 그랬지만 어디 싫어서일 수가 있겠는가.

"나중에 태어날 애들에게 보여줄 사진…?"

"말했는데 잊었을까? 아들 둘, 딸 셋 5남매를 둘 거라고 한 말."

"그러면 한번 해본 헛말이 아니었다는 거네?"

"그러면 자기는 자식 많이 두는 게 싫어?"

그래, 회사에서 있게 되는 스트레스를 가정까지 끌고 와 시시콜콜하게 말을 할 수는 없을 거다. 그래서 말이지만 퇴근해서 들어오는 남편의 표정이 어떤지 읽어보는 아내였으면 한다. 엉뚱한 말로 피곤하게 할 게 아니라.

"싫지는 않지만 많은 자식 키우려면 고생스럽잖아."

"무슨 소리야. 난 기필코 해낼 각온데."

"그래, 몸조심하고."

"조심은 자기도 마찬가지여. 그러니까 함부로 덤벼들지 말라는 거여."

"함부로야 아니지만 야단이다."

"야단은 무슨 야단이야. 그런 문제는 나도 알아서 할 테니 그리 알아."

"그런데 출산일은 언제야?"

"출산일은 시월 초야."

"그러니까 신혼여행길에서 심어진 거?"

"그렇지. 자기는 숫총각일 때, 그러니까 그동안 말썽이 없었다면"

시집을 갔으면 누구든일 테지만 아내 주예선은 아기가 생겼다는 데 흐뭇해한다.

"말썽이라니… 뭔 소리야. 말도 안 되게."

"그래. 엉성한 걸 보니 초보인 것 같기는 하더라."

"쓸데없는 소린 할 것 없고, 아들인지 딸인지까지는 언제 알까?"

"그거야 초음파로 보면 알겠지. 그렇게 급해?"

"급한 게 아니라 아빠로서 알고 싶은 건 죄 아니잖아."

"좋은 일에 죄 말까지는 아니다."

"듣고 보니 그렇기는 하네."

"그런데 아버지께 말했던 고향 사진만이라도 사실로 보여드려야 할 건데…."

"그러면 이만갑에 출연하는 탈북민도 있잖아."

"그거야 나도 알지. 그렇지만 맘이 급해서야."

그것은 시아버지가 지금이야 건강은 하시나 연세가 많으시기에 기다렸던 고향 사진조차도 못 보고 돌아가실지 몰라서다. 그러니까 시아버지가 바라시던 일 못해드린 상태에서 세상을 떠나기라도 하신다면 그 후회는 두고두고 미안할 것이기 때문이다.